U0074696
Alternative
Gale Onli
5th Squad Ja

Sword Art Online刀劍神域外傳

GUN GALE ONLINE

12

5th Squad Jam

時雨沢恵一
KEIICHI SIGSAWA

插畫／黑星紅白
KOUHAKU KUROBOSHI

原案・監修／川原 礫
REKI KAWAHARA

Kadokawa Fantastic Novels

Sword Art Online Alternative
Gun Gale Online

Playback of 5th Squad Jam

前情提要

ＳＪ４結束後不到一個月就決定舉行的ＧＧＯ小隊對抗混戰大賽「第五屆Squad Jam」——簡稱ＳＪ５。贊助商依然是那個狗屁作家。這傢伙也真是學不乖。

蓮雖然心想這次肯定沒有什麼奇怪的障礙、詭異的束縛，可以好好地享受遊戲了才對，但是事情可沒那麼簡單。

蓮被謎樣人物懸賞了作為ＧＧＯ內貨幣的1億點數，等於是現實世界的一百萬日圓這樣的巨額獎金。造成其他玩家都想著把蓮解決掉來賺大錢。

因此她被迫處身於不論是什麼人，甚至連隊友都想要她的性命這種令人相當開心的狀況當中。

即使如此，蓮還是毫不氣餒。

跟對於被懸賞人頭一事感到氣憤的ＳＨＩＮＣ約好共同戰鬥，蓮就跟Pitohui、Ｍ、不可次郎等熟悉的成員以及——

「可以擅自行動，隨時可取Pitohui項上人頭」的夏莉，以及她的跟班克拉倫斯一起（？）以奪下第三次的ＳＪ冠軍為目標。

本屆的特殊規則是設定為「隊友能幫忙搬運自己的一套裝備，並且進行切換」，蓮等人也選出了跟平時不同的裝備。至於蓮跟不可次郎的裝備目前仍不明朗。

然後ＳＪ５就開始了。

不知道是否該說性格惡劣的狗屁作家忠實地發揮了他的實力，竟然設定了更為誇張的特殊規則。

也就是小隊所有人分別從不同的地點開始遊戲。

而且戰場上還飄盪著只能看見數公尺前方的濃霧。害得蓮必須獨自處於無法看清周圍的世界之中。這實在太寂寞了。

同時也無法使用通訊道具與羅盤，除了實際看見的地形之外，手邊的地圖也不會有任何顯示，可以說是極度嚴苛的狀態。實在太過分了。

即使如此，蓮還是以跟隊友以及盟友ＳＨＩＮＣ會合為目標，孤身在五里霧的戰場中前進。加油啊，蓮。

然後她偶然遇見的是──

在上一屆ＳＪ４帶領ＺＥＭＡＬ以壓倒性實力獲得優勝的女性名參謀玩家──碧碧。

碧碧與蓮認為與其互相殘殺而同歸於盡，倒不如暫時攜手合作。於是就在碧碧確切的指示下，確實地在濃霧中戰鬥並且存活下來。

但在上屆也大鬧了一番的自爆特攻小隊引起的大爆炸之下，運氣比蓮還差的碧碧陷入瀕死的困境之中。

在立刻趕往現場的蓮機靈的反應，以及偶然在附近，急奔前來的老大與大衛搭檔救援之下，碧碧總算是活了下來。

分屬不同小隊的四個人暫時聯手，藏身於磚瓦蓋成的堅固房子當中。

當他們想在該處等到濃霧散去時，ＺＥＭＡＬ的其中一名成員——Sinohara跑到房子來。

蓮原本對於能增加一名伙伴而感到高興，但Sinohara卻因為背部遭到原本似乎都還在聯手的榴彈發射器使用者擊中而死。

蓮覺得自己認識一名會毫不在乎地做出這種卑鄙行為的榴彈發射器使用者——

結果不祥的預感果然成真。

擊殺Sinohara的正是不可次郎。

這時蓮心裡想著——

看妳幹了什麼好事。

SECT.6

第六章　十分鐘內的鑒殺・再現

「碧碧，妳這傢伙————！長年的————積怨————！」

「啊啊……」

蓮仰頭看著天空……

「在這裡遇見了————！就是妳的死期到了————！現在就用電漿榴彈把妳連同那棟房子一起炸到宇宙的盡頭去啊啊啊啊啊啊啊啊啊啊啊啊啊啊啊啊啊啊啊啊啊啊啊！」

耳朵裡聽見了不可次郎的聲音。

果然是她。

嗯，我早就知道了。是啊，早就知道了。

不可次郎又繼續以讓人懷疑那麼嬌小的身體，究竟是如何發出那種轟然巨響的聲量繼續說著：

「壞碧碧在哪裡啊啊啊啊啊！」

妳是生剝鬼嗎！

蓮的腦袋裡先是爆出這樣的吐嘈，接著開始急速運轉。

這下該怎麼辦？

怎麼做才能平息這場紛爭？

蓮有了答案。

也就是根本沒有這種手段。

沒有任何跟不可次郎在此會合，五個人和樂融融、吵吵鬧鬧地享受ＳＪ５的方法。已經不可能了。

因此蓮就……

「所有人逃出建築物！快一點！」

透過通訊道具對碧碧、老大以及大衛，也就是「現在的伙伴們」這麼大叫。

同時能夠聽見的是槍榴彈搖晃房子的猛烈著彈聲。連續幾發之後，房子的牆壁與周圍開始炸裂。

這些是一般對人用的槍榴彈，會朝半徑３公尺左右的範圍撒出細小的碎片。就算被擊中幾發，這棟磚房應該也不會輕易崩塌才對。

但是……

「不可有十二發電漿榴彈！普通子彈射完後會再次裝填！然後就會射擊哩！」

如果是電漿榴彈就另當別論了。

那是著彈的話會把半徑10公尺，亦即直徑20公尺內所有物體捲進藍色電漿奔流當中，然後將其粉碎的凶惡彈頭。

連續發射十二發這樣的槍榴彈的話——這個房子的二樓連同一樓都會消失吧。只有地基會殘留下來。

雖然不知道不可次郎這隻大野狼在什麼地方，但即使在霧裡還是能模糊地看見這棟房子才對。而憑那個傢伙的技術，只要能朦朧地看見就可以準確地命中。

現在依然響著「磅咚磅咚」的爆炸聲。

這是不可次郎為了清空兩把ＭＧＬ—１４０的6連發彈倉而大方地不斷射擊的證據。

明明轉動ＭＧＬ—１４０的本體打開彈倉，排出剩餘的彈頭與排出射擊後彈殼的手續全都一樣——不對，應該說全部發射完還比較花時間，但還是先爽快地全部射光。這就是不可次郎這個男子漢的生存方式。訂正，是女人的生存方式。

但也因為這樣，蓮等人才有短短幾秒鐘活命的空檔。

「從西邊出去！」

理解一切的大衛這麼叫道。

他大概已經從自己所待房間的窗戶衝出去了吧。越是優秀的玩家，對於攸關性命的行動就越不會遲疑。立刻就會做出決定。

「蓮！怎麼辦？」

老大尖銳的聲音傳進蓮的左耳。

雖然是短短一句話，但蓮很清楚她想問什麼。

不可次郎是蓮的隊友，而老大是站在協助ＬＰＦＭ的立場。

正常想起來，現在老大應該做的只有一件事。

就是俐落地殺掉眼前的碧碧，跟蓮一起從東側逃離然後跟不可次郎會合。這應該是最佳選擇。

也就是說……

「關於碧碧啊，要不要順手幹掉她呀？這傢伙很強，而且她領導的ＺＥＭＡＬ也很棘手嘛。考量到ＳＪ５今後的情況，這可能是最好的選擇了喲？現在的話能夠輕鬆辦到喲～」

老大問的是這樣的內容。

蓮理解她的問題後……

「總之兩位先趕緊離開這棟建築物吧！我也會從西側離開！」

瞬時做出這樣的回答。

「知道了！那我們走吧，碧碧！」

老大幫忙如此催促著碧碧。

蓮從房間來到走廊上。

接著從長長的走廊往西邊前進，結果聽見從後面傳來盛大的腳步聲。那應該是來自於碧碧與老大，而蓮現在要是被碧碧從後面射擊也無法有所怨言。

但這麼一來，老大就會射擊碧碧吧。當然碧碧也不可能乖乖等死，所以應該會反擊。可以想見會是相當混亂的局面。

就算對方開槍也不能說什麼，不過可以的話還是希望她別這麼做！

蓮如此祈求著。

最後蓮沒有被擊中，進入碧碧剛才所待的西側房間後，一瞬間就通過破破爛爛的寢室。靈巧地跨越腐爛坍塌的床鋪，朝著破裂的玻璃窗跳去，快速地處身於空中。

如果是建築物的二樓，大約３到４公尺的高度，那麼ＧＧＯ的角色們就可以毫不猶豫地跳下。

隨著著地一邊抱緊Ｐ９０一邊完成前受身般的翻滾動作後，幾乎沒有受到任何傷害。由於遊戲中每個人都經常這麼做，所以必須注意不能在現實世界不小心做出這樣的行為。

當蓮從前翻的動作站起來時，也看見碧碧正在空中。她身後的窗戶可以看到老大的身影。

一定要趕上啊！

蓮在心中如此祈求，並且為了盡可能遠離房子而開始跑了起來。

蓮從著地點前進了10公尺左右，一邊奔跑一邊回過頭時……

「嗚哇——」

不可次郎的憤怒正要實際顯現出來。

大量藍色球體正不斷地往上膨脹。那是電漿榴彈炸裂的現象。

確實是很有不可次郎的風格，嗯嗯，極度符合不可次郎毫不考慮事情後果的12發連續全力射擊。

膨脹起來的藍色不祥球體吞沒巨大的磚房，確實地將其粉碎。

不可次郎的瞄準相當正確。技術依然是那麼高超。雖然現在不是感到佩服的時候。

就連堅固的磚瓦聚合體，也無法抵抗科幻兵器的電漿奔流。磚瓦簡直就像是變回塵土一般，逐漸碎成粉末並且消散。

碧碧與老大以這樣的景色為背景拚命奔跑著。就連平常總是冷靜的碧碧都繃起臉來，老大更是瞪大眼睛張大嘴巴，露出宛如搞笑漫畫般的表情。

多虧賭上性命的全力奔馳，總算沒有被電漿奔流吞沒，但還是沒能避開產生的爆風。

「哇！」「噗哇！」

兩人攜手一起被爆風從背後推了一把……

「嗚咿！」

朝著蓮筆直地被吹飛了過來。

蓮根本沒有時間躲開，嬌小的身軀被碧碧與老大猛烈撞上……

「咿！」

「咕哈！」

「呀！」

三個人跌在一起，豪邁地在豪宅庭院的黑土上滾動。

「嗚呀啊……」

像人肉丸子一樣滾了一陣子的蓮睜開眼睛，就看到老大像是航空母艦般的寬大背部在眼前。目前是呈現自己的下半身被趴著的老大壓住的狀態。

今天是經常被吹飛的日子……

蓮心裡這麼想，同時看向視界角落自己所受到的傷害。雖然不多，但是ＨＰ確實減少了。

這樣就只剩下七成左右，還是乖乖施打急救治療套件吧。就這麼決定了。

心裡這麼想的蓮緩緩抬起頭來，結果看到圓形的槍口。

RPD輕機關槍的黑色槍口，在兩公尺前方準確地對著蓮……

「真讓人困擾。」

機槍的主人露出其姣好的容貌。

站在那裡的碧碧，臉上露出與發言相反的冷靜沉著表情，絲毫感覺不到重要的伙伴，同時也是完全不希望其受傷的隊友遭到謀殺的憤怒。

她非常地冷靜。

眼角明明完全沒有笑意，嘴巴看起來卻像是有點在微笑的樣子。

哎呀太棒了。這就是所謂的「古老的微笑」嗎。美人露出這種表情的話，看起來就像一幅畫呢。

所以才恐怖啊啊啊啊啊啊啊啊啊啊啊啊啊啊！

蓮在心中發出又尖又長的悲鳴，不過沒有發出聲音，反而是說出事先準備好的台詞。

「『在其他地點，雙方完全不知情的伙伴要是殺掉各自的隊友也不能有任何怨言』對吧？」

那正是不久之前碧碧的發言。

蓮一字不差地加以引用。這是此時不說更待何時的台詞。

要是不說可能就死了，蓮心裡這麼想。

「……我知道了。不能有任何怨言。何況我也不希望所有人都死在這裡。」

抬起槍口的碧碧所說的話……

「嗯？」

讓蓮想著究竟是什麼意思……

「我也有同感。」

當她看見從趴著的姿勢緩緩起身的老大左手抱著的物體時，就了解是怎麼回事了。

老大不知道什麼時候把巨榴彈抱在身體底下。

要是碧碧為了把蓮以及順手把應該也是強敵的老大幹掉而用機槍瘋狂開火——那麼她們三個人就會手牽手一起被炸死了吧。

又再次被老大救了一命。

謝謝妳謝謝妳謝謝妳！

蓮在內心猛烈地感謝對方，同時也冒出多餘的想法。

如果真的出現那種情況，那麼奪走蓮性命的，也就是一百萬日圓——不對，是1億點數究竟會由誰獲得呢？是碧碧？還是老大？

還有，雖然現在才這麼想有點太遲了，不過我要是在ＳＪ５裡自殺的話，1億點數就歸我嗎？當然不會這麼做就是了。

蓮暫且把這些疑問拋諸腦後，認為要先把該還的東西還給碧碧。

以左手取下裝在斗篷頭上的標誌燈，以下鉤投的方式扔給碧碧。

碧碧用左手接過去後丟進胸掛包內……

「下次見面就是敵人了。」

「知道了。」

碧碧迅速將ＲＰＤ改短的槍口靠近，蓮一邊起身一邊將自身Ｐ９０的槍口，這個時候是消音器的前端輕輕靠過去。

鏗鏘。

兩塊金屬互碰後傳出清脆的聲音。

目送碧碧朝霧中跑去的背影直到途中……

吸——————

蓮大大吸了一口氣。

「不可——————————————————！」

然後先放聲大叫。

那是……

「嗚咿！」

足以讓旁邊的老大繃起了凶狠猩猩臉龐的超大叫聲。

雖是可能會被敵人聽見的行為，但這個時候已經無法管那麼多了。

因為不這麼做的話，重新裝填好的槍榴彈雨可能立刻又要降下來了。而且是整整12發。

剛才連濃霧應該都被不可次郎把房子變成地基的大爆炸吹散了，不過現在已經復原。

蓮所能看見的範圍內最多也只有30公尺左右。當然無法得知不可次郎人在什麼地方。不過應該是在那個地基後面不遠的地方才對。

因此蓮只能夠大叫。

緊接著……

「哦————————————————？」

傳回不可次郎像霧號般感到不可思議的細微聲音。

「說話的人——不會是蓮吧————？」

「就是我啊啊啊啊啊啊啊啊啊啊啊啊啊啊啊啊啊啊啊啊！」

「不是幽靈吧————？」

「差點就變成幽靈了，都是妳害的喲————！」

「妳說什麼——————！沒能賺到那一大筆錢嗎——————！」

「別開玩笑了啊啊啊啊啊啊啊啊啊啊啊啊啊啊啊啊啊啊啊啊啊！」

蓮把P90舉在腰部朝聲音的方向跑去。老大也跟在她後面。

「我右邊。」

「好，那我左邊。」

由於引發了如此盛大的騷動，敵人在附近的話，不可能沒注意到蓮的存在。眼睛絕對會浮現「¥」的符號並且襲擊過來才對。

分別負責警戒著左右兩邊，在不知道誰會從霧裡跑出來的狀態下，蓮她們從過去是自己躲藏的房子，現在完全只剩下地基的上方經過。

「如果我能用的話，就會把它撿走了。」

老大這麼說道。

蓮她們前進方向的右側，7.62毫米的機槍M60E3正躺在Sinohara亮著「Dead」標籤的屍體旁邊。

背部被榴彈直接擊中的供彈系統雖然壞掉了，但看起來仍殘留著許多彈鍊。槍械本身也平安無事。

把它撿起來的話就能免費獲得火力強大的武器，但無法使用的話就算撿了也派不上用場。

「不可啊啊啊啊啊啊啊啊啊啊啊啊啊！我現在就過去妳那邊，別開槍啊～！」

「這個嘛——————！很難說喲——————？」

濃霧當中的蓮朝著聽起來大概是東邊的方向跑去。

這邊附近的房子全被剛才ＤＯＯＭ的大爆炸產生的衝擊波轟飛了。只剩下原本的地基與瓦礫。

沒有任何能藏身的遮蔽物或者能幫忙擋子彈的掩蔽物。簡直就像是平原。

在霧裡面前進了30公尺左右吧。

「哦，蓮！看到妳了！在這邊！快點過來！」

蓮在聲音的引導下終於看見了。無論怎麼看都只會是不可次郎的身影。

被炸彈小隊的爆風吹飛的房子地基下方有一間小小的地下室。

走下好不容易才能讓一個人通過的狹窄階梯，就是只有一張榻榻米大小的空間。

這麼小的地下室究竟是做什麼用的呢？已經狹窄到讓人想要如此逼問設計者了。

大概是程式設計上在樓梯底下製作寬敞的地下室太麻煩了吧。

不可次郎嬌小的身軀就躲藏在這狹窄的空間中。她從房子被轟飛後外露的四方形洞穴中稍微露出頭來。

不可次郎本人正咧嘴笑著表示：

「嗨，蓮！——搞什麼嘛，還以為後面怎麼跟了一隻野生的母猩猩，原來是老大啊。妳們兩個人平安無事真是太好了。」

「嗯，妳也是。」

老大笑著這麼回答。

蓮站在不可次郎面前瞪著她。

「是安然無恙！不過差點就死了！」

「那我剛才聽過了。哎呀，抱歉啦。因為作夢都沒想到蓮會跟碧碧那個傢伙待在一起。」

「雖說是偶然碰見，但還是暫時聯手了！嗯，不過託不可的福全都泡湯了！」

「喂喂，我從十幾年前就不知道說過多少次了喲……？如果在遊戲中跟碧碧待在一起的話，可能會被捲入我的攻擊當中……」

「從沒聽說過！應該說那麼早以前根本沒有VR遊戲！」

「別在意那種小事！那麼，碧碧那個傢伙確實死於我憤怒的一擊之下了吧？」

「沒死喔。跟我們一樣，在著彈前就逃出那棟房子了。真的是千鈞一髮。」

「哦？那麼在那之後，妳確實幹掉她了吧？把她的頭砍下來了嗎？」

「放過她了。」

「妳在做什麼啊啊啊啊啊啊啊啊！」

「我才想這麼說哩————————！不可沒有射擊Sinohara的話，就能跟一群厲害的傢伙組成小隊在那棟房子裡待到十四點了！」

「我寧願死都不願意跟那個女人組隊啦啊啊啊！好不容易才用同姓的情誼順利騙那個傢伙到這個地步！害我浪費了電漿榴彈喲！」

「等等，反正彈藥會回復。啊啊真是的，詳情之後再說吧！」

蓮迅速動起手來重新將跟不可次郎的通訊道具連上線。剛才跟碧碧與大衛分道揚鑣時，已經把連線切斷了。

「聽得見嗎？」

「可以喔！」

這樣蓮、不可次郎與老大就連上線了。

「沒時間閒晃下去了。掃描已經開始了。」

老大感到緊張的聲音傳進雙耳裡。

蓮急忙看向手錶……

「嗚咕！」

十三點四十分已經過了五秒鐘左右。

蓮完全沒注意到設定在掃描三十秒前的手錶震動通知。老實說真的沒有多餘的心思管這件事。主要都是不可次郎害的！

看著衛星掃描接收器的老大……

「連不可的地圖都整合過來了。北側變得更寬敞了。這是什麼，鐵路嗎？先不管這個了，我們的周圍有多達三個隊長符號……全是沒看過的傢伙。當然除了他們之外，已經有其他敵人過來了吧。」

以冷靜……

「然後馬上就會朝這裡進攻了。」

而且有些苦澀的口氣這麼說道。

「都是被懸賞的蓮害的～」

不可次郎很開心般這麼表示，原本想說出「全是妳害的啦！」的蓮最後還是放棄了。嗯，確實有一半是蓮的關係。

「不論逃往哪個方向應該都有敵人，然後他們應該也會從四面八方攻過來吧。那裡面當然沒有任何伙伴，所以可以把他們全都幹掉——」

老大說的一點都沒錯。

ＬＰＦＭ和ＳＨＩＮＣ裡應該都沒有在這種狀況下還朝蓮跑過來的笨蛋。因為無論怎麼想都會被捲進戰鬥當中。會被誤認為敵人而遭到擊中。

或許有同伴會偷偷從後面過來射擊為了襲擊蓮而聚集起來的群眾。嗚哇，像是Pitohui或是夏莉都很有可能這麼做。

老大決定先不管這件事，直接開口詢問：

「怎麼辦？」

以狀況來說，對於我方是相當不利。

我方只有三個人而已。

其中一個是充滿魅力的懸賞目標。周圍是滿滿的敵人。不論逃往哪邊都一定會碰到敵人。

雖然有濃霧籠罩，但周圍都是平地，幾乎沒有能夠藏身的地點。

就算所有人都躲在這個地下室，被發現的瞬間就只能等死了。

至於集中於一點來突破包圍網的方法——如果只有蓮一個人的話或許可行吧。但要三個人都毫髮無傷就很困難了。

蓮被迫做出決定。

於是她下定了決心。

僅花了〇・二秒。蓮她們連煩惱的時間都沒有了。

蓮揮動左手，一邊把穿到現在的斗篷解除實體化一邊大叫：

「不可！難得碰面了……就切換成第二武裝實行那個吧！這種地形的話應該辦得到吧！」

「哈哈！我就知道妳會這麼說喲，搭檔。現在就是使出兩人新必殺技的時候了。就讓他們看看我們留下來特訓的成果吧！」

「什麼？」

感到驚訝的當然是老大。

想不到現在就要使出對於兩個人來說應該算是最後隱藏殺招的武裝切換。「新必殺技」到底是什麼呢？

雖然完全無法預測，不過那應該是蓮在這種四面楚歌的狀況下唯一能想到的生存手段吧。

這時蓮本人往上看著老大的眼睛並且表示：

「希望妳暫時躲在這個地下室！待在我們附近的話……會非常危險！我們會盡情地大鬧一番，我想老大應該不會被發現才對！」

「知道了……很想問問妳們究竟想做什麼就是了——」

「現在沒時間了！」

「我想也是。」

「我們正如計畫存活下來的話就告訴妳！」

「我很期待。祝兩位武運昌隆。」

老大迅速轉過身子，跟不可次郎擦身而過進入地下室內。由於會看到階梯，等她走下去後就用板子之類的蓋在上面進行偽裝。

只要默默地用ＶＳＳ射擊闖進來的傢伙即可，所以老大暫時是安全無虞吧。雖然被扔手榴彈的話就很危險，不過也只能到時候再說了。

「我想敵人應該會過來我們這邊，不過有什麼事的話就告訴我們。」

恢復成全身粉紅色戰鬥服這種最像蓮模樣的蓮開口這麼說著。

所謂有什麼事，指的是特別棘手的敵人、混入戰場的伙伴等等，總之就是像這樣的事情。老大也理解了。

「知道了。不過，為了不打擾妳們，我會盡量保持沉默。」

「感謝！」

由於通訊道具一直是連線狀態，蓮跟老大最後做出這樣的對話後，老大就完全躲進地下室。一隻猩猩就這樣從籠罩在霧裡的地面上消失了。

嬌小的玩家搭檔，也就是蓮與不可次郎被留在霧裡，以及已經變得破破爛爛的住宅區當中。

不可次郎在鋼盔底下的臉龐咧嘴笑著說：

「搭檔啊……那一天，煩惱了一個晚上的變身時的呼喊聲……妳應該還記得吧？」

粉紅色帽子底下的蓮露出微笑回答：

「我記得喔——根本沒有決定過這種事情！」

蓮跟不可次郎同時揮動左手叫出視窗。

到剛才都沒有的「武裝切換」按鍵出現，兩個人同時按了下去。

＊＊＊

「現在是十三點四十分！現場似乎有動靜了！」

沒錯，壓低聲音這麼說的是身穿茶色迷彩服的男性。手上的武器是自衛隊使用的「89式5.56毫米步槍」折疊式槍托型。

是的。他的名字是賽因。實況玩家賽因。

在乳白色濃霧包裹的世界，地面散落著房子殘骸的大地上，他正跟其他玩家待在一起。

賽因的5公尺右側，有一名拿著「AK74」突擊步槍的綠色戰鬥服男，而該名男性的旁邊是一名因為霧氣而看不太清楚的紅褐色迷彩男。然後10公尺左右的後方是持有「M40A3」狙擊槍，身穿美國海軍迷彩服的男性。

距離賽因5公尺的左側，則有另一名拿著克羅埃西亞製「VHS2」突擊步槍的玩家。

沒錯，賽因跟小隊成員之外的傢伙們聯手，在霧中保持能確實看見彼此的間隔，呈扇形緩緩地前進。

其方位……

「我們正朝向可能有粉紅色小不點存在的ＬＰＦＭ光點前進！」

正是剛才發覺的蓮所在的地點。

時間稍微回溯。

遊戲開始到目前為止的四十分鐘裡——

從黑土上長滿蕨類植物的巨樹森林中開始ＳＪ５的賽因，一路實踐著最能夠讓他存活下來的方法。

那是得知特殊規則，十三點十分與伙伴的聯絡遭到切斷之後……

「嘿！Every body！聽我說Please！拜託請listen！要不要結成不輸給Fuck you狗屁規則的聯盟！Say Yes！我是賽因！實況玩家賽因！想上鏡頭的玩家！像寂寞到快死掉的兔子、rabbit玩家！Come on！」

大聲叫著自己的名字與所在地點，盛大地一邊朝四面八方閃爍著作為道具的手電筒一邊前進。

某方面來說，這是就算立刻被擊中也無法抱怨的捨身作戰，不過他還是賭贏了。與砲口火焰不同的白光被某個人看見，於是從遠方向他搭話。

「哦，是你嗎！沒辦法了，那就合作吧。暫時要請你多多指教嘍。」

「Welcome！」

一個人變成兩個人了。

然後……

「我要參加！這規則太過分了！先跟我聯手吧！」

「哈囉！還有沒有其他人？有人嗎？來當伙伴吧friends！」

「有喔！我過去那邊，別開槍啊？」

「熱烈歡迎！」

不停重複著呼喚，在十三點二十五分之前，成功聚集了十八名男性玩家。

在這途中都沒有出現一發現有人就朝這邊開火的傢伙。賽因的計畫可以說相當成功。

聚集在森林裡並且聯手的玩家，分別來自不同的小隊。

沒有任何隸屬於同一小隊的成員。考慮到系統在遊戲開始時就盡最大可能把六個人分散到各地，就能知道這是很正常的現象。

要說熟悉的面孔嘛，大概就是裝備「ＡＣ—５５６Ｆ」突擊步槍，身穿紅褐色迷彩服的男人吧。他就在ＳＪ２時呼籲大家聯手的小隊裡面。是從ＳＪ１就參加的玩家，屬於不起眼但參賽經驗豐富的隊伍。

還有即使知道不利還是頑固地只使用光學槍的小隊「Raygun Boys」，簡稱ＲＧＢ的其中一個人。在上屆ＳＪ４中獲得活躍的機會後確實發揮出實力一事仍令人記憶猶新。

這樣的他表示，在ＳＪ４為了幫助Fire而參加的隊伍這次全都沒有參賽。

賽因等人當然不會知道，他們真的是只為了幫助西山田炎，或者可以說Fire的戀情而參賽的傭兵。雖然不知道了解來龍去脈後他會怎麼想，不過大概也會全力安慰西山田吧？

手持「Ｇ３Ａ３ＺＦ」自動狙擊槍，整齊穿著西德軍服的男人，應該是角色扮演小隊ＮＳＳ的一員吧。另外還有一名全身護具的科幻士兵，曾經獲得優勝的Ｔ―Ｓ成員。只有他不論是在氣氛還是身高上都顯得格格不入。

其中也有像是到後山郊遊般，身穿戶外活動輕裝的玩家。所持槍械也是「Ｍ２卡賓槍」這種第二次世界大戰由美軍開始使用，算是相當有歷史的輕量步槍。

原本覺得他這樣竟然還能突破預賽的眾人產生了不知道是傻眼還是感動的心情，不過聽他說同伴都擁有極強大的火力所以很輕鬆就過關後，就理解是怎麼回事了。他就只是以舒服的打扮在ＧＧＯ裡頭散步而已。

其他也有雖然沒說過話，但是曾經互相殘殺過的人存在。

「哦哦，那時殺掉你的就是我。」

「那個時候確實是殺得好。」

場面簡直就像是同學會一樣熱絡。

在濃霧中聚集起來的男人們明明是敵人卻顯得和樂融融。這就是ＳＪ所形成的羈絆。下次真的想辦個網聚呢。

本來就不可能會有。

當然這十八個人裡面沒有ＬＰＦＭ、ＳＨＩＮＣ、ＭＭＴＭ以及ＺＥＭＡＬ的成員。

「那些傢伙絕對不會出來吧。我想現在大概也偷偷地躲在某個地方。」

某個人這麼說道，其他人則猛烈地點著頭。

「總之我們最初的目標，是應該就在西側的ＬＰＦＭ吧。」

喜歡主導的紅褐色迷彩男這麼說……

「但是老闆，粉紅惡魔沒有參賽啊──粉紅惡魔謎樣的缺賽，是徹底怯場了嗎，那也實在太慘。這裡是無情的戰場，那是極端的現實。」

賽因剛如此反駁，其中一個人就一臉認真地回答：

「關於這件事……我認為是M跟Pitohui設下的陷阱。像是其實事先來到現場，或者快到十二點五十分才衝進酒場直接開始傳送之類的。」

「哦哦哦——那到底是為什麼？如此忍耐究竟為何呢？」

「那當然是為了讓我們誤認為『粉紅小不點沒有參賽』的方法啊。那些傢伙的話，很可能會這麼做吧？」

嗯，很可能。非常可能。

所有人的意見完全一致了。

但是他們——

哎呀，被識破了。

完全沒有注意到Pitohui在這樣的森林當中豎起耳朵偷偷地望著他們。

在這個時候，Pitohui的視線範圍內已經能模糊地看見他們。

開始地點是這座森林的Pitohui，做出了靜靜躲藏起來的選擇，但是發現這群被聲音招集起來的傢伙後就再也無法乖乖待著，於是偷偷從後面跟著聚集起來的男人們來到這裡。

她的身上罩著迷彩斗篷，緊緊趴在潮濕的泥土上，豎起耳朵聽著那群人的對話。

只要她願意，把著裝在手上KTR—09突擊步槍的75連發彈鼓全都射光的話，至少能幹掉一半左右的人，但是她沒有開火。

她耐下了性子。

難得能讓小蓮好好享受一番。

心裡這麼想著。

「那我們要前往討伐的是位於西方的ＬＰＦＭ！意下如何？意下如何？諸位沒有異議吧？」

沒有人反對賽因的提問……

「很好那麼目標就是1億Ｇｅｔ！欣喜聚集的我們要同生共死！我們的目標是粉紅惡魔！Punk的傢伙們會襲擊並打倒她！噴火吧突擊步槍！認真地活下來吧明天的Life！」

賽因是在十三點二十七分三十四秒時炸裂他火力全開的Rap。

同一時間，ＤＯＯＭ引起的大爆炸也炸裂了。

明明是在相當遙遠的地方爆炸，閃光卻傳到這個地方，經過十秒鐘以上後爆風也吹了過來。空氣的壓力穿透原本無風的世界，讓森林的樹木產生劇烈的搖晃。

好幾個人因為未曾在ＧＧＯ裡經歷過的大爆炸而極度驚慌，差點就因為AmuSphere斷線而從ＳＪ裡退場。不過最後還是撐住了。

森林恢復原狀，原本略為放晴的天空再次籠罩於濃霧當中。

「大家沒事吧？好強大的爆炸！驚訝也跟著爆炸！原來如此是那些自爆的傢伙嘛！死了之

後還會變成地縛靈出來作祟喲！」

面對亢奮的賽因……

「那些傢伙也來了嗎……在那邊爆炸了的話，就表示其他五個人不在附近！就算有其他敵人在附近好了，也沒辦法瞬間幹掉我們這麼多人吧！這是個好機會！」

某個冷靜的人這麼說道，於是包含賽因在內的十九個人就朝著住宅區走去。

慢走喲！去打倒小蓮吧！

這麼想的Pitohui默默送他們離開，並且繼續留在森林裡。

就這樣，時間來到十三點四十分。

「我們正朝向可能有粉紅色小不點存在的ＬＰＦＭ光點前進！」

串通小隊藉由第四次掃描得知目標的ＬＰＦＭ就在不遠處，立刻開始實行訂立好的作戰計畫。

也就是……

「實行『大家一起包圍作戰』！」

從森林移動時，盡可能擴大橫向範圍，以扇形來包圍蓮的作戰。

更具體一點來說，就是在霧裡面維持還能看見彼此的距離並且朝前後左右散開，慢慢地縮短距離的行動。

他們從呈扇形散開的北側開始加上屬於自己的編號。號碼是從一到十九。

理由是跟藉由連上線的通訊道具來呼喚各自的姓名比起來，叫號碼輕鬆多了。而且老實說，這麼短的期間內也記不住所有人的名字。

進擊的一群人從右翼是一到六號，中央是七到十三號，十四號到十九號則是左翼。

步驟是如果有人被擊中，不是在死前呼喊編號，就是周圍的伙伴宣告幾號被擊中了。

在沒有看見目標就無法攻擊的霧裡，如果同伴被幹掉，就絕對能知道其附近有敵人存在，左右或者後面的同伴就會開槍。

是一起對看不見的空間射擊，總之先讓對手受到傷害的作戰。這是人數占優勢的我方所能採取的最確實的方法。

考量到全員的火力，在右翼與左翼的邊緣配置了連射能力高的成員。也就是持有機關槍或者突擊步槍等擁有多彈數彈匣的人們。

賽因小聲地進行實況同時往前進。

「霧裡緊張的氣氛高漲到前所未見的程度。十八名勇者現在正出發去討伐不知是否存在的粉紅惡魔。這簡直就像ＳＪ２的巨蛋內叢林一樣，不過不同的是這次所有人的通訊道具都連線了！那個時候他們無法互相聯絡，只能無奈地遭到毀滅。應該說，是什麼時候開始連跟敵人也能連上通訊道具的呢？嗯，現在思考這一點也沒用就是了。」

順帶一提，賽因是在中央編號第十號的位置。他把保險兼模式選擇桿設定在「レ」位置的89式步槍擺在腰部，也就是隨時可以進行全自動射擊的狀態來慢慢地前進。

「值1億點數的粉紅惡魔究竟會不會出現呢……？出現的話，是何時……何地……然後，有幾個人呢？」

「不對哦等等，會出現兩個以上的小蓮嗎？」

「這樣賞金也會加倍？」

「可以的話希望能出現十個人。」

由於都用通訊道具聽著實況，所以就傳來剛剛才成為伙伴的伙伴們所做的許多評論。

「謝謝大家的評論，記得按『讚』還有訂閱頻道喔。」

「別惹人發笑。現在開始要安靜了。」

「Jawohl（了解）！」

「為什麼是德文？」

「因為我不知道俄文怎麼說！」

「好喲。」

賽因等人繼續前進。

安靜、緩慢地前進。

已經穿越作為起始地點的森林，來到周圍被爆風吹飛而夷為平地的住宅區。這裡是有著裂開的道路、寸草不生的土壤以及一大片房屋地基的平坦地點。

由於其中有幾個人是從這裡開始遊戲，所以擁有地圖檔案與目擊證言。到剛才為止，這裡都還並排著好幾棟房子。

光是能見的範圍，目前的景象簡直就像是在作夢一樣。

沒想到光是一發炸彈就能轟飛這麼多房子。DOOM那些傢伙究竟增加了多少炸藥的分量呢？

「應該在這附近……」

某個人細微的聲音傳進賽因的耳朵裡。這裡是大約一分鐘前，也就是十三點四十分的掃描出現LPFM反應的地點。

「所有人先停下來。看見什麼了嗎？聽到什麼了嗎？對方有可能一動也不動地躲藏在瓦礫底下。只有看見可疑物體的人小聲地跟我報告。」

紅褐色迷彩男這麼表示，接著過了安靜的幾秒鐘。

賽因也保持沉默，凝眼看著能看見的範圍。同時也豎起耳朵。

但是沒有什麼奇怪的東西。

房子的地基、被吹飛的木材、窗框、磚瓦的碎片、原本應該屬於車子的金屬碎片，還有金屬製的箱子般物體。

「嗯？那是什麼啊？」

賽因這麼說，說完後又發現大家看不見那個，於是又重說了一遍。

「我眼前大約10公尺前方，有一個高1．5公尺左右，由四枚深灰色金屬板包圍起來，上面還蓋著蓋子的物體……是房子的零件嗎？」

那東西看起來簡直就像是工業製品。

由格外漂亮的金屬板所組合起來，上部稍微變窄，有著宛如尖塔或者煙囪頂端般的形狀。

他的左邊，也就是能看見同樣物體的玩家表示：

「那是美國的大型業務用垃圾桶吧。被吹飛後顛倒過來了所以看不太出來。」

「原來如此。看起來確實很像垃圾桶——目前看起來是不會動。」

賽因這麼報告完，紅褐色迷彩男就表示：

「好，那麼緩緩前進。發現什麼會動的物體就一邊報告一邊直接拚命射擊。子彈反正會復原。就讓我們盡情地開火吧。」

了解。

在心中這麼呢喃後，十九個人再次開始行動。

像是割著庭院中的草一樣，緩慢地前進。稍微前進一些距離後就停下來聽周圍的聲音、環視四周然後再次行動。霧裡的風景沒有什麼太大的變化。

在乳白色空氣裡面，不知道什麼時候會有子彈飛過來，或者是粉紅色惡魔衝過來，可以說是被迫處於極度緊張狀態下的行動。

即使如此，人數上的優勢以及非常想獲得1億點數的心情，還是化為勇氣從背後推動著這群人。

蓮她——說不定已經跟其他隊友聯手了，但像現在的賽因那樣，跟多數集團合作的可能性相當低。因為應該還是有想要1億點數更勝於合作的人存在。

賽因前進10公尺後繼續觀察周圍，

剛才認為是垃圾桶的金屬物體，這時已經接近到眼前可以看見側面了，結果發現上面以模板噴畫……

「COMBUSTIBLES」。

噴著巨大的上下顛倒文字，雖然幾乎都快消失了——但還是能大概分辨出來。

即使是日本人不太熟悉的一長串單字，不過意思其實很簡單。指的是「可燃垃圾」。什麼嘛，果然是垃圾桶！這個嚇人一大跳的飯桶！

連腦子裡的想法都得押韻的賽因，正準備慢慢通過那個垃圾桶旁邊，然後就死掉了。

「咦？不會吧？為什麼，Why？」

藉由被傳送到遊戲開始前的黑暗空間，也就是所謂的待機處，賽因理解自己在ＳＪ５已經戰死了。

「不是吧，等一下！真的不知道為什麼？為何？如何？WhyWhy？」

真的搞不懂理由。

賽因完全不知道自己為什麼會死。

在ＧＧＯ裡，被擊中的話衝擊通常會傳遞到身體。即使是致命傷部位中彈，造成連動一下食指的時間都沒有的立即死亡也一樣。

比如說額頭正中央被步槍的子彈射中，就會產生受到猛力彈額頭般的模擬疼痛感。當然這樣的疼痛感馬上就會消失，也不會對腦部造成什麼影響。

被刺死或者炸死也是一樣。機器將會模擬某種感覺並傳達至腦部。

但這次賽因全身上下完全沒有這樣的感覺。

這不是在自誇，不過賽因不只在ＳＪ，連在ＧＧＯ裡都豪邁地不知道死過多少次了。根本算不清經驗過多少次立即死亡的判定。

也就是說這次賽因根本沒有多餘的時間感覺虛擬的疼痛，簡直就像電視擅自轉台一樣立即死亡，從ＳＪ５的戰場被傳送到這個地方。

到底是什麼樣的死法，才會出現這種情形呢？

「偶死掉嘍！被傳送到待機室嘍！不過到底是怎麼死的？為什麼會死？這種不可思議的感覺是……什麼？難道是戀愛……？不，不對。不是戀愛。戀愛是更加輕飄飄的心動感覺……」

由於賽因就算死了還是繼續拍攝自己的影片，所以依然繼續著實況轉播。

然後馬上就注意到有一個很簡單就能知道答案的方法。

賽因揮動手臂叫出視窗並且按著各個地方，從待機處的黑色牆壁裡叫出官方拍攝的ＳＪ５實況影片。

空中旋即出現兩個巨大畫面。

左側是現在戰場的實況轉播。右側是自己死亡時的重播。兩個畫面右下方各自出現「ＬＩＶＥ」與「ＲＥＰＬＡＹ」的文字。

接著賽因就看見了。

雖然純粹是偶然，不過左右的畫面幾乎是同時播出同樣的光景。也就是說實況轉播與重播竟然偶然地重疊了。

「啊啊……」

從剛才的「垃圾桶」縫隙裡迅速伸出一公尺左右的藍白色細長光線，那是GGO世界裡的科幻兵器：光劍，又稱光子劍的劍刃——

左邊的畫面是剛才一起走的伙伴，右邊的畫面則是自己的頭部正被那道光刃砍成兩半。

顛倒的垃圾桶底部金屬板迅速抬起，下方冒出把金屬板放在上面的粉紅色物體，然後光劍的劍刃就以猛烈的速度從縫隙中揮動。

從後腦杓往雙眼一刀兩斷。

這麼一來腦部將會率先失去機能，所以根本沒有時間感受虛擬的痛楚。

就是這樣的攻擊，造成瞬間移動般的立即死亡。了解了。完全可以接受。

看見這一幕後又隔了幾秒鐘……

「啊，Eureka！」

賽因發現並且理解是怎麼回事了。

粉紅色物體當然就是那個粉紅惡魔——蓮。

「大家快逃！那個傢伙就躲在那個垃圾桶裡！不對，不是垃圾桶的某種物體裡！危險！

Dangerous！」

賽因大叫的內容當然無法傳遞給戰場上的任何人。

「第三個了！」

不可次郎一邊大聲這麼叫著……

「太好了！」

一邊載著蓮疾速奔馳。

蓮跟不可次郎正待在賽因他們以為是「垃圾桶」的物體當中。

在包圍四周的板子與覆蓋上方的板子裡面，是好不容易才能容納下兩個人的極狹窄空間。

那當然不是什麼垃圾桶，硬要幫它取名字的話……

「上吧！『Pretty Miyu號』！」

「確定要叫這個名字？太長了！以後就叫『ＰＭ號』吧！」

「別取這種像是下午的名字！」

就叫ＰＭ號吧。

在戰場上奔馳的ＰＭ號，其構造是這樣。

只要有錢的話任何人都能簡單做出來，所以下次請在ＧＧＯ裡試試看吧。

首先要準備材質輕但堅固的導管。

現實世界的話，碳纖維是最為合適的材質，不過ＧＧＯ世界的話，因為有更輕且更堅固的謎樣物質，所以就決定使用那個。

首先把導管折成適合的角度組合起來，形成巨大垃圾桶狀的框架。

明明是相當堅硬的材質，只要使用加工指令就能輕鬆裁切、彎曲正是虛擬世界的方便之處。當然組合也是一樣。

垃圾桶的框架就這樣完成了。這個就是完成品。

只不過，這種狀態不過就是個大籠子。接下來要把它做成垃圾桶。

首先把準備好的防彈板緊緊地固定在框架的四面。

為了不出現縫隙，板子的接合處要特別加上角度。

板子與板子之間要用牢固的──設定上是連太空船也都使用的黏著劑來黏合，然後以金屬零件將其著裝在構成框架的導管上。

接著再製作板子設置在像這樣完成的垃圾桶底部。

這塊板子不會黏合。

起來。

雖然是底部，但因為會顛倒過來使用，所以實際上是「蓋子」。

藉由連結四邊角落的導管，能夠讓這個蓋子不會從內側滑落而掉到旁邊，而且能無聲地舉起來。

此外框架上還加裝了四個輪胎。雖然是推車用的小小橡膠輪胎，不過靠著它——

「衝啊！」

靠著在裡面的不可次郎全力推動，ＰＭ號就能以跟跑步同等的速度進行移動。

這是體力怪物——不對，是非常努力鍛鍊自己的不可次郎才能辦到的事。

而這些輪胎上也有機關。

待在裡頭的不可次郎，其肩膀的位置有兩根導管從前後經過。不可次郎跟平常一樣站立的話，她的雙肩就會稍微抬起那兩根導管。

同一時間，彎曲的導管就會因為槓桿原理而把ＰＭ號的輪胎往下壓，然後剛好來到可以觸碰到地面的位置。

但稍微蹲下的話，輪胎就會被抬起，外側的金屬板就會跟地面接觸。看起來就像顛倒過來放置的垃圾桶。

這時與地面之間沒有縫隙，所以子彈也不會飛進來。

蓮則把雙腳踩在其內部的框架上。

亦即只是搭乘在上面而已。在操縱ＰＭ號的不可次郎身後，蓮處於被她揹在身上而重疊在一起的狀態。

「不可！左15度5公尺！無障礙物！全力！」

「好喲！」

蓮從蓋子上事先準備好的一丁點縫隙看著周圍，然後對看不見任何東西的不可次郎做出指示。

內部的不可次郎能看見的地方標示著角度的數字，於是她便朝著該處全力奔馳。

納命來！

在靠近的對手附近，蓮打開蓋子，兩手拿著光劍——從雙手伸出道具名稱「村正F9」的劍刃。

滋磅。

負起直接把頭顱從身體上一刀兩斷的攻擊任務。

現在又有一個男人受到ＧＧＯ神明的寵召了。

這正是Ｍ構思、提案，自費準備材料，甚至連製作都一肩擔下的，屬於她們兩個人的第二武裝組合。

從Pitohui那裡借來的光劍，以及較為輕量的車輛導管是作為蓮的第二武裝來由不可次郎搬運。

而特別重的裝甲板則是作為可搬運重量相當大的不可次郎的第二武裝來交給蓮負責。

兩人同時讓武裝切換實體化，然後將其組合起來使用，這是只有兩個人在一起才能成立的友情合同必殺技。

垃圾桶偽裝型兩人座人力行駛裝甲車輛。

名字是ＰＭ號。

在幹掉第四個人時，周圍的男人們總算是注意到那個「垃圾桶」是敵人了。

「那東西裡面有人——往右翼那邊去了！」

紅褐色迷彩男一邊這麼說，一邊開始以ＡＣ—５５６Ｆ的全自動模式射擊從他前方左側往右邊移動的「垃圾桶」。

雖然是霧裡面以及周圍仍有伙伴存在的狀態，但沒有時間管這麼多了。目前大概是即使流彈造成傷害，也只會說聲「哎呀真抱歉」的心情。

而他發射出去的子彈……

喀喀喀喀鏗！

射中「垃圾桶」後發出清脆的聲音，然後全部被彈了回來。

「什！」

這時「垃圾桶」轉身朝向繼續瘋狂射擊的男人——不對，看不見腿部，總之就是一百八十度回頭，像在地面爬行一樣迅速靠了過來。

絕對是因為遭到射擊而發現了男人所在的位置。

完全不把稍微凹凸不平的地面當一回事，而且輕鬆越過瓦礫，絲毫沒有發出聲音就靠過來的那個物體，看起來相當恐怖。

「什！」

男人持續射擊。不停開火再開火，但全都被輕鬆彈回，即使30發的彈匣射光了，那傢伙還是繼續逼近……

「啊啊！」

男人急著要交換彈匣，而且還算是快速地動著手，但這時候「垃圾桶」已經逼近到眼前。

垃圾桶的蓋子打開幾公分……

「嗨！」

才剛聽見裡面發出可愛的聲音，藍白色光刃就伸出來從男人的肚子貫穿到背部。

「那是什麼啊，太作弊了！不對，其實也不算作弊啦！」

在待機處的賽因，被迫持續看著……

伙伴們不停遭到屠殺的樣子。

「還是覺得太作弊了！」

結盟小隊的其中一名玩家，瘋狂地以手中「雷明登Ｍ８７０」散彈槍連續射擊。

Ｍ８７０是以狩獵用聞名於世，但他的愛槍是在加長管式彈倉上著裝了裝飾用導軌、紅點鏡等戰術型態——亦即戰鬥用版本。

這是一把磅一聲射擊之後，左手就拉動前握把排出空彈殼，接著往前推來裝填下一發子彈的磊動式槍機的槍械。每次射擊，左手就會忙碌地動作。

從發射出去的子彈又大又重來看，應該是近距離下威力足以匹敵步槍子彈的Slug子彈——也就是散彈槍用的獨頭彈全都命中「那個」，然後全部被彈開了。

即使中彈還是連晃都沒晃就像滑行般移動的「垃圾桶」，以像是滑行的動作從他眼前10公尺左右由左往右邊移動。

現在從蓋子的縫隙伸出藍白色刀刃。

接著一名今天剛遇見的伙伴，正想從該處逃走的男人，胴體就被砍成了兩半。他的上半身與下半身變成兩個零件然後癱軟到地上。

「那是什麼啊……」

在悼念伙伴的死亡之前，內心就充滿了驚訝。

然後那個「伸出利刃的垃圾桶」就朝著自己逼近……

「嗚哇，別過來！」

沒有時間說出死亡同伴的編號，拚命將把散彈塞進所有子彈都發射光的M870管式彈倉裡，但是已經太遲了。

知道男人手上的槍無法射擊後，靠近的「垃圾桶」底部就無聲緩緩抬起，讓男人跟裡面的人四眼相對。

在黑暗中稍微看見粉紅色帽子，其底下閃閃發亮的眼睛正瞪著自己。

男人這時停下再裝填子彈也沒有意義的手，軟弱無力地呢喃：

「粉……『粉紅惡魔』……」

「希望你不要用那個名字稱呼我。」

可愛的聲音一邊這麼說，一邊毫不容情地用光劍刺穿那個傢伙的喉頭。

果然是惡魔嘛。

雖然最後想對她這麼說，但是因為喉嚨被貫穿而說不出話來。

稍早之前……

「右翼那邊！發生什麼事了？」

十九號的男人，也就是待在隊列左翼的其中一人以通訊道具這麼問，結果沒有得到回應。

透過通訊道具一直聽見混亂的叫聲與死前的悲鳴，從前進方向的右側，以及霧裡面傳來拚命開火的槍聲。

「到底發生什麼事了……」

從這裡完全無法得知。

希望同伴至少在死前可以說清楚是如何遭到殺害、是什麼樣的敵人、用的是什麼武器等情報。

不對，或許是連說都來不及說的事態。

也就是相當嚴重。

十八號表示：

「別管那麼多了！可以確定絕對有敵人！大概是值1億點的粉紅惡魔！來吧！所有人稍微聚集起來！」

「哦！」

就這樣，從十四號到十九號的六個人開始有所行動。他們將前進角度改變為往右90度，稍微收攏散開的隊列，聚集在一起後開始移動。

「那由我打頭陣！」

如此挺身而出的是第十七號的T—S成員。

「哦哦！拜託了！」

如果是對於自身防禦能力有絕對自信的他，多少可以擋下一些傷害。

作為伙伴真的很可靠……我們小隊也該讓一名成員裝備那樣的道具吧……

所有人都出現這樣的想法。

而T—S成員的他也覺得大家應該會這麼認為。

同時也想著「要湊齊這身裝備得花很多錢，大家會願意出嗎」。

就這樣，科幻士兵把H&K公司製的稀有槍械「GR9」5.56毫米機關槍擺在腰部的位置，並且帶領其餘五個人排成一縱隊。跟前面成員的距離大概是3公尺左右。

雖然沒有特別決定，但是前面的同伴把槍口朝向右側的話，後面的人就會朝向左側並且警戒該處。這個部分只能說真不愧是GGO玩家。

雖然很想跑向事發地點，但這樣對於周圍的警戒實在太過於鬆懈，所以還是作罷。何況也不知道霧裡面會出現什麼東西。

一群人以勉強能稱為快走的速度，前往經常能聽見伙伴開槍聲的方向途中，就有聲音透過通訊道具傳進耳裡。

「是敵人！好像是某種奇怪的塊狀物——」

接著通訊就中斷了。

啊啊，大概是死了吧。安息吧。還有仍有獲得1億點數的機會。

五秒鐘後……

「什麼嘛？不是粉紅惡魔喔……」

槍聲隨著某個人的聲音響起……

「這像是箱子的傢伙——咕嘎！」

然後突然停止了。

越來越搞不懂究竟發生什麼事情了……？

對於不知道答案的六個人來說，前進方向的濃霧裡發生的事情只會帶來恐懼。

雖然聽著剛才賽因所提到的垃圾桶，但沒有任何人能立刻聯想到那就是敵人。

想像力發揮無謂的作用，讓他們對於有隻巨大化怪物正在肆虐的妄想不斷地膨脹。

結果自然就抬頭往上看。然後腳尖絆到瓦礫，差點真的要跌得四腳朝天。

「粉……『粉紅惡魔』……」

再次傳來某個人的聲音。

結果在這之後，聲音的主人就陷入沉默之中。

看來已經可以確定1億點數的惡魔存在了。

以T—S成員領頭的一群人——

「有新的敵人來了！先停下來！」

「好喔。」

蓮在霧裡面發現科幻士兵的影子，便對緊貼在眼前的司機，也就是不可次郎下達命令。

「是T—S的人。」

他們的面積比其他人都要大，而且剪影相當特殊，所以馬上就能看出來。

不可次郎停下腳步沉下肩膀，隱藏起輪胎的垃圾桶就穩穩地放置於地上。

蓮低下頭，放下了蓋子。結果蓋子立刻緊緊蓋住，甚至連1公釐的縫隙都沒有。

就這樣，無論怎麼看都只是一個完全翻過來的奇怪垃圾桶。

屈身的蓮這時候是從為了敵人來到眼前時所開的小洞來窺看外面。

垃圾桶的四面都開了孔，但這麼做除了方便之外，也變成了PM號唯一的弱點。因為還是存在比窺視孔更小的子彈真的因為偶然而飛進孔裡的可能性。

不過那個時候也只能稱讚敵人了。真的是千載難逢的幸運。

蓮看見在霧裡面的一群人。

「二十公尺。幾乎是筆直地朝這邊過來。領頭的是T—S的機槍手。後面是間隔3公尺排成縱隊。能看見的只有三個人，不過應該不少人。」

對看不見的不可次郎這麼報告完，她便向蓮提出問題。

「數量好像有點多。要放他們離開嗎？」

蓮瞬間思考了一下並且做出決定。

「如果我們的外表已經傳達給他們知道……糟糕。只有電漿手榴彈無法抵抗。」

實際上仍未曝光，但蓮還是擔心著這一點。

由於PM號很堅固，所以也只會被一般手榴彈的爆風吹跑。雖然待在裡面的兩個人會很辛苦，但至少不會一發斃命。

這是PM號完成之後，Pitohui以防彈測試為名扔出大量手榴彈來實際驗證過的事情。當時被吹飛了數公尺之遠。裡面的兩個人頭部撞到好幾次。那個時候真的很痛。

但要是電漿手榴彈的話就另當別論了。

正如大家所知，ＰＭ號的外牆跟Ｍ的盾牌一樣，使用的是太空船的外殼——雖然設定上是最強物質，但電漿奔流就連它都能慢慢地加以熔解。

雖說不是馬上就會被熔解，但根據手榴彈爆炸的位置，外牆還是有可能一擊就遭到瓦解。

「現在似乎不宜有所行動。」

不可次郎如此表示。

垃圾桶滑行般移動著的話實在太容易被發覺了。

「實行那個吧……」

蓮這麼表示……

「這樣啊，那個嗎……是哪個？」

「不是說明過了！如果周圍被圍起來，我就衝出去，不可則待在原地不要亂動。」

「啊啊，好像是四年前曾經說過這樣的話吧。」

「前幾天啦！」

蓮心裡想著「不可次郎真是的」，同時看向迫近的敵人。

領頭的Ｔ—Ｓ成員已經接近到能看清楚模樣，距離大約是15公尺左右，對方應該能看見我們了才對。

更加靠近後要是露出注意到這邊的模樣，蓮就會推開蓋子站起來，以兩手的光劍殺進去。

這是只以蓮的高速與兩手光劍作為武器的必殺技。

「看我的……」

「嗯，上吧，拔刀隊。田原坂的戰役就像昨天剛發生過一樣歷歷在目……」

「那是哪裡啊？」

「熊本喲。西南戰爭啊。」

「有時候對於歷史特別了解的不可次郎究竟是怎麼回事？」

「誰知道呢。」

「要是我就這麼死了，只剩下不可也要想辦法活下來喔……」

「搭檔，別這麼說……無論發生什麼事都別死啊。因為要拿走1億點數的是我喲。」

「就知道妳會這麼說。」

「那是什麼？」

走在一群人前頭的T─S成員看見了。

佇立在霧中的垃圾桶。距離大約是10公尺左右。

「所有人停止。」

對後方如此命令後，他就保持站姿，把擺在腰間的機槍槍口朝向垃圾桶。

就外表來看，應該是垃圾桶吧。雖然快要消失了，但上面寫著「可燃垃圾」。上下顛倒也可能是被爆風吹飛，所以一點都不奇怪。

不過，總覺得不太對勁。

實在不太對勁。他的第六感這麼告訴他。

「啊！」

他的第六感似乎知道些什麼了。

他看到了中彈的痕跡，明明只是垃圾桶，而且子彈還沒有貫穿。以厚實鐵板作為目標的話，子彈當場就會粉碎而變成像黑色汙漬那樣，現在垃圾桶上可以看到許多這樣的痕跡。

因此——

「有個奇怪的垃圾桶。總之我先射擊看看。從其他地方有所反應的話，希望你們進行反擊。」

從後面的男人們那裡……

「了解。」

「了。」

「懂。」

「OK。」

傳回各式各樣的聲音。

T—S的成員把手指放到GR9的扳機上。

下一個瞬間——

喀鏘！

他頭盔左邊的太陽穴爆出火花。看來是中彈了。

「嗚！」

但光是這樣仍不足以讓他死亡。

傾斜式裝甲——也就是長於「錯開子彈」的球形頭盔，把高速的步槍子彈彈開。接著脖子附近的護具中和了造成的衝擊。裡面的人只是覺得脖子有點痛而已。

接著多達十幾條彈道預測線從前進方向左前方的霧裡面朝自己以及同伴伸過來……

「左斜前方！有敵人！人數相當多！」

他的GR9開始以全自動模式朝著預測線的來源連射。

先不管垃圾桶了。

在突然變得吵雜的世界裡……

「發生什麼事了？」

看不見周圍的不可次郎這麼問道。

「Ｌｕｃｋｙ！」

從孔洞看向外面的蓮這麼回答。

「在被Ｔ—Ｓ擊中之前，Ｔ—Ｓ就被擊中了！」

在這之前就已經相當混亂的世界，混亂的程度又變得更加嚴重了。

除了逼近蓮的一群人之外，又有其他幾個人聯手之後急速往這個地方靠近。

當然那群人裡面也沒有任何以ＬＰＦＭ小隊為首的同伴。

絕不可能會有。不過有剛才死於蓮手中成員的同伴，從相同的迷彩服可以分辨出來。只是他們本身並沒有注意到這件事。

而且他們本來就是一群被金錢蒙蔽了雙眼而看不見周圍——不對，應該說是能賺錢時就要盡量賺的務實傢伙。

他們的不幸，是在開始互相射擊前沒有先向對方搭話。

「外面好像很混亂耶。」

「我只聽得見聲音喲。」

只有蓮能看見的世界裡，不斷有人失去性命。

最初被擊中的T－S機槍手，雖然以擺在腰部的機關槍猛烈地瘋狂射擊，而且命中他的子彈也有好幾發被反彈回去，但隨即被投擲到該處的大型手榴彈炸飛到天上。

就算防禦力再高，也無法完全擋下在胯下爆炸的力道，移動到2公尺左右的上空後從頭落到地上，接著便亮起「Dead」的標籤。應該是被判定為脖子骨折了吧。某方面來說，他真的很倒楣。

而在他身後的男人們……

「可惡！幹掉他們！」

「好喔！」

「吃我的子彈！」

雖然時間短暫，但還是開始幫原本是伙伴的男人報仇。

也就是朝著對方開火的方向全力還擊——開槍射回去。明明可以不用這麼做的。

當然對方也覺得有許多敵人而更加猛烈地還擊。雖然因為濃霧而不清楚究竟有那些人，不過可以倚靠彈道預測線與砲口火焰來判斷。

在蓮與不可次郎躲藏的垃圾桶旁邊，子彈宛如暴風雨般你來我往。當然彈道預測線也是一樣。

一場華麗的煙火大會開始了。

數人ｖｓ數人的全力戰鬥。開火聲此起彼落，把整個世界變成吵雜不堪。

經常會有流彈……

喀咚！

命中ＰＭ號，讓車身晃動，刺激著裡面兩個人的耳朵。

「我從剛才就這麼想了，這個被射中時真的很吵。」

「其實就跟Ｍ先生的盾牌一樣。」

「還需要改良。」

「怎麼改良？要貼上隔音棉嗎？」

「這麼狹窄應該沒辦法吧……至少讓車內播放古典樂之類的。或者是神崎艾莎。」

「嗯……」

「要獲得本人的許可嗎？」

「不，我想應該不需要。」

當不可次郎與蓮悠閒地聊天期間，外面的世界依然持續著虛擬的互相殘殺。

蓮從孔洞窺看出去，發現15公尺左右的前方有一個男人正在匍匐前進。這是為了不被擊中而壓低身子，試著迫近視界左側敵人的作戰。

他的手上握著剛才轟飛T—S的集束手榴彈。

這是把許多外表被稱為「馬鈴薯泥搗具」的德製柄式手榴彈的爆炸部分綁在一起所製成。由於爆炸力超群，所以具備把車輛炸上天的力量。被那個轟中的話，連PM號都會有點危險。

拜託千萬別把那個丟到這裡來！

或許是蓮的願望成真了吧，男人突然站起來，使出全身的力量把手榴彈朝霧裡扔出去。

慢了兩拍後產生爆炸……

「呀噗！」

聽見混雜在爆炸聲裡的悲鳴，接著霧裡閃爍著紅色中彈特效。看來是有某個人上天堂了。

「太好了！」

拚死的投擲獲得極大成功的男人興奮地握拳，結果頭部就被子彈貫穿了。

「可惡！那些傢伙是普通的玩家。」

「粉紅小不點在哪裡啊！」

兩名男性一邊隱身在遮蔽物後一邊進行著對話。

在這裡喔。

蓮心裡這麼想，但沒辦法說出口。

因為這兩個男人正以我方兩人藏身的垃圾桶——不對，是ＰＭ號為盾牌。

剛好有個大小適中的垃圾桶，而且不知道為什麼能夠幫忙擋下子彈，所以男人們就緊趴在它的後面。

然後以突擊步槍來反擊濃霧中的敵人。

從右側伸出Ｍ４Ａ１來射擊的是看起來像警察特殊部隊的深藍色迷彩服男性。

左側則是架著「雷明頓ＡＣＲ突擊步槍」，身穿美軍造型沙漠迷彩服的男人。

他們以全自動模式對著濃霧瘋狂開火，但不知道是否命中目標，過了一陣子後對面同樣以全自動模式反擊。

不是低下頭躲在ＰＭ號後面的話，這兩個男人早就陣亡了。

似乎掌握位置的敵人開始以全自動模式進行猛烈的反擊。

連續被比剛才多出十倍的彈藥擊中後，遭到射擊的ＰＭ號內部當然就變得極為吵雜。宛如撞鐘般的聲音在狹窄的空間裡毫不間斷地迴盪著。

啊啊吵死了！

不是在GGO裡面的話，鼓膜早就破裂了吧。

蓮抱著自己的頭，但現在實在沒辦法衝出去，只能縮起自己的身體。

不知道周圍還有多少敵人。雖然覺得應該已經有不少人死亡了。

看了一下手錶，發現已經過了十三點四十八分。

「可惡！」

沙漠迷彩男看著前方來交換ACR的彈匣，然後對著彈道預測線的位置還擊了幾發子彈。

但是敵人當然不會一直待在那裡不動。結果只是完全沒有效果的射擊。

就在這個時候。

「喂，等一下！在那裡的是哈修嗎？我聽到ACR的聲音嘍。」

霧的另一邊似乎有個經過相當嚴格訓練的變態。光靠槍聲就能猜中是什麼槍械。

「哦？」

被稱為哈修的男人，在停止可射擊狀態的槍械，突然變得寂靜的世界裡……

「喂！等等，那個聲音！是殿恩嗎？」

大聲地呼叫同伴的名字。

「是啊！果然是哈修嗎！真的假的！別開槍！別開槍啊！這邊已經只剩下我一個了！」

「知道了！我們這邊也只剩下兩個人！從開火的方位筆直地過來！我在奇怪的垃圾桶前面！」

哈修呼叫殿恩，同時對身邊使用M4A1的男人露出笑容。

「嘿，搭檔。那傢伙是同隊的成員。看來暫時是不會死在這裡了。」

「嗯，那我就放心了。」

「不過，是我的小隊成員。抱歉了，搭檔。」

啪啦啦！

哈修把ACR的槍口朝向身邊的男人並且只開了三槍。

心臟接連被射穿的M4A1男性使用者……

「你這傢伙——————！看我變鬼出來報復你！」

留下這句話後就從SJ5裡退場了。

「抱歉了。上天堂吧。南無阿彌陀佛。」

單手豎起手掌祈禱的男人前面，遭殺害的男人上面嗶咚一聲出現「Dead」標籤後……

「哦，那裡嗎！現在過去！」

隨著這句話，一名同樣身穿沙漠迷彩服的男人從霧裡小跑步過來。如果不是恩愛的情侶裝，那應該就是同一小隊的成員了。

剛才被稱呼為殿恩的男人，懷裡抱著的武器是「M249」。又可稱為「MINIMI輕機槍」。

不論是現實世界還是GGO內都充斥著各種類型的MINIMI，不過殿恩的愛槍是「基本」款。

也就是最簡單，同時身為道具的價格最為便宜的MINIMI最初期型態。

以性能來說是最低落的版本，不過卻有許多人喜歡它冰冷的鐵管槍托。

並非所有槍械都是最新的就一定最好，其實也有許多人會刻意選擇舊的槍械來感受那個時代的氣氛。

由於到剛才為止都不停地開火，所以從MINIMI的槍管冒出白色的煙。把肉片放上去的話，應該能烤出色澤漂亮的成果。

「小隊的其他人呢？」

蹲在垃圾桶旁邊的殿恩一邊開始交換MINIMI的槍管一邊這麼問道，哈修則警戒著周圍並且回答：

「沒有啦，我只有遇見你而已。我在森林裡跟實況玩家聯手，組成了大約二十人的小隊，準備幹掉這附近的粉紅惡魔來賺取懸賞金。但不知道怎麼回事，大家全被幹掉了……應該不是你們做的吧？」

殿恩一邊裝上槍管一邊搖了搖頭。

「我們也在北側的高速公路上組成暫時的小隊，然後也是看到掃描才過來……途中聽見了槍戰的聲音，就遠遠地觀察情況——以為情況已經穩定下來才會靠近。沒看到粉紅小不點。啊啊，可惡，這樣的話根本沒必要戰鬥。」

「唉，算了啦。我們能像這樣活下來就算老天保佑了。你的HP還剩多少？」

「雖然受了點傷，不過還有八成左右。」

「抱歉。那可能是我的子彈造成的。」

「今天就原諒你吧。」

笑著這麼回答的殿恩，頭顱咚一聲掉了下來。

沒有看到決定性瞬間的哈修，注意到同伴的頭顱滾到自己腳邊……

「嗚咿！」

驚訝地抬起頭來時，所看到的只有朝自己揮過來的藍白色劍刃。

到了十三點四十八分……

「老大！已經可以了！出來吧！」

在狹窄地下室躲了將近十分鐘的老大，聽見蓮所說的話後……

「哦。」

隨即靈活地現身。

結果在濃度稍微變淡一些的霧裡，看到了到處亮起的「Dead」標籤。

「唷唷，好一場大屠殺喲。」

面對忍不住如此呢喃的老大……

「妳是饒舌歌手嗎？」

不可次郎的聲音傳回她的耳裡。

「啊，有了有了。右前15度。」

另外也能聽見蓮的聲音。

「怎麼了？」

接著又看見奇怪的垃圾桶靠近的景象。

差點就要對它開槍了。

「該怎麼說呢，這個真是太厲害了……」

老大看著ＰＭ號，同時產生傻眼與感動的心情。

外表看起來確實是垃圾桶，不過世界上應該只有這麼一個垃圾桶，上面會有幾十個擋下子彈的焦黑痕跡吧。雖然是虛擬世界就是了。

這時蓋子被往上推起，蓮的頭冒了出來。

蓮用手舉起蓋子，最後把它拿下，然後暫時往外一扔。

蓮將嬌小的身軀……

「喝！」

跳出垃圾桶外面並在空中翻轉。最後以美麗的姿勢落地。這應該可以拿到相當高的分數。

緊接著……

「呼，終於來到外面了。」

不可次郎像是剛結束冬眠的狸貓般冒出來……

「好了，把我們的車收起來吧。」

「說得也是。」

不可次郎與蓮揮動左手來操作視窗。

選擇裝備的切換後，垃圾桶……不對，ＰＭ號就消失了，換成蓮與不可次郎的主要武器實

DEAD

體化。

蓮的武器不是Vorpal Bunny而是P90。不可次郎當然是兩把MGL—140，也就是輪轉式6連發槍榴彈發射器。

這個時候，蓮左手的手錶開始震動，告知再過三十秒就要開始十三點五十分的掃描了。

「要在這裡看第五次掃描嗎？」

「說得也是。周圍暫時沒有敵人了吧。多虧兩位把他們全部幹掉了。不過為了小心起見，還是躲進地下室吧。」

老大這麼回答……

「了解。」

「OK。」

就這樣，三個人……

「喂喂，太窄了吧。老大，妳的屁股太肥了。」

「抱歉。不過，幸好妳們兩個很嬌小。」

「嘿嘿嘿，也沒有那麼誇張啦。」

擠身在狹窄的地下室等待第五次的掃描。

SECT.7

第七章　至今為止的眾人

時間稍微——不對，是大量往前回溯。

與蓮的通訊中斷，也就是十三點十分開始第一次掃描的時候。

小隊成員就開始各自的行動。

比方說Pitohui目前人在巨樹根部長著茂盛蕨類植物的森林裡……

「那麼……」

她隨即操作視窗，將適合目前所在地點的迷彩斗篷實體化。

說是斗篷，材質並非是尼龍，而是被問到那麼是什麼將會很困擾的GGO特有的謎樣物質。

由於輕到會讓人忘記身上還穿著它，所以能夠流暢地行動而且具備不會發出啪沙啪沙聲音的優點。

然後只要再多花一些錢，就能附加上自由變更迷彩色的變色龍般機能，或者是能騙過夜視裝置的機能，所以Pitohui當然全部都買了。怎麼可能不花這筆錢呢。本人在現實世界可是大受歡迎的歌手，身上可是有一堆錢呢。

Pitohui從頭頂罩下合身的斗篷，連KTR—09突擊步槍也隱藏起來，接著在附近左顧右盼進行查探。

濃霧之中，目光迅速地在間隔10公尺左右的巨樹上移動，似乎在尋找些什麼。

最後……

「找到了。」

她朝位於斜前方15公尺之外的一棵樹靠近。

那棵樹外表、高度看起來跟其他的樹沒有兩樣，然後有著接近3公尺的寬度，不過只有一個地方跟其他的樹不太一樣。

也就是樹幹底部開了一個長、寬1．5公尺以上，深兩公尺的大洞穴。也就是所謂的「樹洞」。

Pitohui早就知道了。

製作地圖時為了避免麻煩，這些巨樹基本上都是拿過去的物件檔案來延用。

但是看得見的物件全部用複製貼上的話，會讓玩家感到掃興。然後就會跟營運公司抱怨。

因此有時會混入不同外表的物件。不過真的是偶爾，而且數量也很少。

巨樹的例外，就是樹幹上有大樹洞的樹。

經常玩GGO，而且觀察的眼光相當優秀的Pitohui沒有忘記這件事。

「嘿咻。」

她刻意發出聲音，然後從臀部開始陷入那個樹洞裡面。

由於身上的裝備，左腰那把改短的「M870・Breacher」散彈槍有點礙事，所以只有把它連同槍套一起解除實體化收進倉庫欄裡。

除此之外，包含KTR—09在內都順利進入樹洞當中。

「哎呀，真舒服。」

如果是現實世界，巨樹的樹洞裡應該是相當潮溼，除了長滿莫名的菇類之外，應該也有大量腳多到數不清的蟲子才對，GGO雖然以真實性為賣點，也實在無法重現這個部分。

整個人擠得越進去就越被硬度適中的牆壁包圍。這給藏身的人沉穩的倚賴感，可以說是非常舒適的躲藏地點。

「啊～真舒服。」

靠著裹住全身的迷彩斗篷，不仔細凝視的話是無法看出樹洞深處的Pitohui。不然就是得用燈光照射。

然後如果有人往這裡窺探時，下一個瞬間就會被她用光劍刺穿喉嚨或者腦袋吧。

雖然借給蓮兩把，但是Pitohui原本光是村正F9就有三把了。SJ5前還追加購買了幾把。剛才也說過了，她身上有的是錢。

就這樣，從十三點十分開始有好一陣子都悠閒地閉上眼睛，幾乎是在午睡狀態度過時間的Pitohui，最後被賽因等人的結盟小隊給吵了起來。

先是從遠處傳來細微的人群聚集聲，一陣子後是靠近的腳步聲。

Pitohui在沒辦法的情況下開始保持警戒，不過她也是一個運氣很好的人。

受到賽恩呼喚而聚集過來的兩名玩家，偶然地在她所藏身的樹木旁邊會合了。

Pitohui雖然看不見，但兩個人似乎在霧裡面互相辨識出對方……

「啊，你也要跟實況玩家聯手嗎？那麼就暫時休戰吧。」

「ＯＫ。我也想要1億點。在這裡互相殘殺根本沒有意義。」

他們就隨著這樣的對話肩併著肩往前走去。

兩人的背部進入從樹洞深處所能看到的狹窄景色當中。

機會來了。

Pitohui緩緩開始行動。

她保持著不會在霧中跟丟兩個人的距離，小心不被其他玩家看見並且注意著後面與周圍的氣息跟了上去。

然後在稍微能看見賽因集團的地點偷聽著他們的對話。

之後又過了十幾分鐘。

在再次發現的樹洞裡悠閒度過時間的Pitohui，藉由真的從很遠處傳來的細微槍擊聲倏然停止……

「哦，小蓮她們好像把敵人全幹掉了。」

確信自己的小隊成員獲得了勝利。

看了一下手錶，時間是十三點五十分。

＊＊＊

十三點十分。

在一片平坦，像是白色沙漠般的結實雪原開始遊戲的夏莉……

「那麼……開殺吧。」

正如稍早之前在通訊道具裡所說的，穿著長靴般鞋子的腳已經著裝上滑雪板。

那是現實世界在狩獵時也會使用的「高山滑雪板」，又稱作「短滑雪板」。

由於滑雪板底部貼著海豹皮，所以往前能滑得很快，往後卻幾乎不會滑行，是直接前後移動腳步就能爬上斜坡的滑雪板。

在ＳＪ２時為了對Pitohui報一箭之仇而發揮極大的功用，在前陣子的Five Ordeals裡，也讓自爆來弄塌雪原大樓的方法得以成功。

這時她身上罩著跟蓮類似的白底灰點雪原迷彩斗篷。

心愛的狙擊槍Ｒ９３戰術２型狙擊步槍則以放長的肩帶繞過脖子與右肩後面，從斗篷上掛在身體前面。槍口朝下，握柄是在右側腹的前面。

雖然用揹的身體會比較容易活動，但這樣可以立刻反應並且方便射擊。舉起槍後將槍托靠在肩上，一個動作就能開火。

當然已經裝填好一旦命中彈頭內火藥就會爆炸，能夠一擊必殺的開花彈。膛室裡一發，彈匣裡有五發。

身為擁有真正槍械的人，心情上是一定想先打開保險——

但這不是狩獵而是戰鬥，也不是在現實世界而是在遊戲內，所以便毫不猶豫地關上了保險。

在現實世界與ＧＧＯ，她對於槍械的操作還有另一點不同之處。

也就是要不要在槍口貼上膠帶。

操縱夏莉的霧島舞在現實世界主要是在雪裡狩獵。因為是在北海道狩獵蝦夷鹿，先不管夏季時的驅除害獸，冬季的狩獵期幾乎都是在雪地裡。

那個時候使用的槍械是在日本取得持有許可的真實槍械「R93」，它的槍口一定會貼上膠帶。

種類是用手指就能輕易撕開的紙膠帶。她會用寬大的膠帶把槍口整個貼起來。

目的是為了不讓異物從槍口跑進去內部。所謂的異物有可能是土壤，不過主要是雪。

在森林裡前進時，經常會遇見大量的雪從樹枝上落下的情形。

如果是掉落在頭上也就算了，如果掉落在槍口朝上的步槍上，那可就不得了了。

或者是槍口朝下揹著的時候，槍口整個插到雪原裡而讓雪跑到槍口裡面。

如果只是些許柔軟的雪跑進去，那麼直接開槍應該沒關係。但要是沒有發現雪又在槍身裡融化然後變成冰就糟糕了。

槍身內部的異物將會影響命中準度，最糟糕的情況是會導致開槍時壓力過高而造成槍管破裂的事故。

所以才需要膠帶。以紙膠帶牢牢地把槍口黏貼起來。

需要開槍的時候怎麼辦？還要花時間把它撕下來嗎？

不用，在山裡面發現獵物的話不馬上開槍就會被逃走。在貼著膠帶的情況下直接開槍。

在子彈或者高壓氣體面前，區區膠帶的力量根本算不了什麼。開槍的同時膠帶就會被轟飛，然後對於子彈的命中準度也不會有任何影響。

真要說有什麼問題的話，大概就是幾乎不可能回收被轟飛的膠帶，每次都得在大自然裡留下垃圾吧。

當然射擊後還會重新黏上膠帶。所以口袋裡都會預先放入一捲紙膠帶。

剛開始玩GGO時，夏莉與「北國獵人俱樂部」的眾伙伴曾認真地討論過這個世界的槍口要不要貼上膠帶。

最後……

「太麻煩了。」

做出這樣的結論然後一直沿用到現在。

閒話休提。

夏莉雙手拿著槍托……

「那麼，要往哪邊走呢？」

這麼呢喃的下一個瞬間，她就開始跑了起來。

隨便哪一邊都無所謂。

因為不論往哪一邊，該處都一定會有某個敵人存在。

就這樣爽快地以滑雪板高速移動，一旦發現敵人就拿著愛槍開火奪走其性命。這就是現在的夏莉唯一可做的事情。

周圍與上空都籠罩在濃霧當中，腳下則是雪原。在可見範圍內全是暗沉白色的世界裡，夏莉就這樣全力奔馳著。

穿著滑雪板的她，在雪原裡前進當然比一般用腳奔跑要輕鬆多了。視界當中，雪面正以心曠神怡的速度咻咻往後流去。

然後在這種狀態下，滑雪板的另一個恐怖特徵是——

噢，在那裡嗎？

跟奔跑比起來，發出的聲音比較小。

那個傢伙到死都沒有注意到些微的摩擦聲。

夏莉僅從遊戲開始地點前進了三百公尺，就發現了一名玩家。

那是一名在雪地裡穿著顯眼深綠色迷彩服，完全沒有回頭看向這邊的男人。不知道該怎麼辦才好，只是呆站在那裡的男人。

夏莉流暢地舉起R93戰術2型狙擊步槍，將安裝了巨大砲口制動器的槍口對準男人。

邊移動邊發射的一擊，也就是所謂的Running Snapshot是夏莉的拿手絕技。

而且距離只有15公尺左右。

這是射不中還比較困難的距離。如果這是桌上角色扮演遊戲，那麼不用擲骰子也會判定命中。

雪原裡出現開槍的巨響，背部遭開花彈命中的男人，隨著爆炸聲被衝擊往前轟飛。不確認「Dead」標籤，夏莉拉退直拉式槍機，也就是迅速裝填下一發子彈並且加快腳步。

她很清楚SJ5並非所有的戰場都是雪原。

從至今為止的SJ戰場地圖來看，不論再怎麼寬敞，同樣的舞台大概也只占全體的四分之一左右吧。

也就是一邊5公里的正方形。這樣的話，像這樣到處跑的期間雪地馬上就會結束了吧。

但這樣的話，也就是景色改變的話——夏莉就會在那個邊緣前方改變方向，朝著下一個邊緣全力奔馳。

想盡辦法在雪原移動，發現敵人的話就盡可能把他們幹掉。

這是完全發揮自身特性的最佳狩獵人類行動。

「哈哈哈！」

夏莉沒有隨著笑聲停下腳步。

「GGO太有趣了！」

夏莉是在十三點十九分發現「那個」。

這是已經不分青紅皂白射殺了三個人之後發生的事。

由於下一次的掃描馬上要開始，她便暫時停下藉由滑雪板的奔馳，正打算整個人趴在雪地上的時候。

「有了。」

前進方向左側，從霧裡看見一道朦朧的黑影，然後馬上就消失了。

也就是夏莉斜向接近那個人並且離開了。真的只在最後關頭看到極短暫的時間。

對方如果注意到她的話，應該會攻過來吧。

夏莉放慢滑雪板的速度，迅速蹲下身子，瞪著影子消失的前方。

蹲下來的話，應該至少可以先發現朝這邊過來的敵人。然後搶先射擊的話，夏莉應該不會輸才對。

隨著緊張的心情等待了十秒鐘左右，不過沒有任何動靜。

這樣的話。

夏莉就決定朝影子追過去。

邊確認周圍邊站起來後，緩緩把原本就不會發出聲音的滑雪板朝向那個角度，接著更小心翼翼地在不發出聲音的情況下慎重地靠近。

她把R93戰術2型狙擊步槍靠在肩上，槍口則稍微朝下。

打算一發現對方是可以開槍的對象，就微微舉起槍械透過瞄準鏡來開火。如果對方同時也注意到自己的話，就往前撲倒，然後照樣開槍。

在雪地裡發出滋滋聲前進的夏莉，放棄觀看第二次的掃描了。

那個獵物更加重要。

射穿那個傢伙，奪走其性命——當然不至於開膛剖肚或者是砍下對方的頭啦。

有了！

看到了黑影。從霧的濃度來概略計算，大概是20公尺左右。

夏莉暫時停下腳步，觀察著那個影子的情況。變淡的話就是遠離，變深的話就是朝這邊過來了。

然後發現對方完全沒有動作。

影子的濃度維持原狀，一直待在那個地方。一瞬間懷疑那個難道不是人類嗎？雖然心想不會是被砍斷的樹木吧，但那種可能性也很低。

接著夏莉從影子的邊緣看見了發出白光的部分，同時理解是怎麼回事了。

那個傢伙正在看掃描。

當夏莉發覺這件事時，應該採取的行動就只有一個。

扭身尋找掃描畫面的白光被黑影隱藏住的角度。亦即從對方的正後方接近的角度。

她先是從左右兩邊回頭後望，觀察周圍有沒有敵人。

因為找到獵物而集中精神於瞄準時，自己也有可能正變成獵物。

即使是現實世界的狩獵，發現蝦夷鹿而專心地舉起步槍時，也可能發生棕熊從後面接近的狀況。而存在敵人的GGO就更不用說了。

四周圍沒有敵人。

這樣就只有幹掉那個傢伙了。夏莉緩緩朝黑影前進。

隨著一點一點地接近，她已經將槍口穩穩朝向對方。

就算現在射擊，應該也能命中背部而奪走對方的性命吧。

但夏莉沒有這麼做。

那是因為……

「…………」

夏莉本人也不清楚。

原本靠近扳機的食指悄悄遠離並且伸得筆直。

夏莉為了更靠近一點而無聲前後移動腳步繼續前進。

一動也不動的黑影無聲地成形——

「嗚！」

夏莉看見了。

毫無防備地呆立在雪原裡，全神貫注地看著左手拿著的掃描器，右手則觸碰著畫面的男人。

可以分辨出細節了。

他的背上揹著一個與M類似的巨大背包。

背包前方真的只有微微露出的頭部，戴著像是錫製機器人般的頭盔。

忙碌地動著的手，以及從剛才就沒有動靜的腳也穿戴著同樣像是機器人的護具。

這傢伙是那個自爆小隊！

冷顫、冷——顫。

夏莉全身的寒毛都豎起來了。雖然是虛擬的感覺就是了。

她在8公尺左右的距離下停止腳步。長長的槍口依然朝向對方。

剛才要是開槍的話——

子彈絕對會命中那個背包。

他們所揹的高性能炸藥，屬性與電漿手榴彈不同。因此即使被一般的子彈擊中，也只會凹陷或者開一個洞，並不會造成誘爆。

但夏莉的槍使用的並非普通子彈而是開花彈，所以絕對會引起誘爆判定。

也就是說開槍的話，下一個瞬間自己也會被炸得粉碎然後從ＳＪ５裡退場。

「…………」

夏莉決定從今天起開始相信虛擬世界裡也有「第六感」或者「不祥之兆」的存在。

大概是自己的祖母在守護自己吧。

「女孩子要去殺生不太好吧。」

那個這麼說著，不太願意自己成為獵人的祖母。

請她品嘗首次獵到的蝦夷鹿鹿肉燉煮後……

「小舞啊，下次什麼時候要去打獵？」

就傳來這種訊息的祖母保佑了夏莉。

順帶一提，她還活得好好的。

不過，這下該怎麼辦才好……？

夏莉感到困惑。

目前這個炸彈渾球雖然在這裡專心於掃描器，處於ＳＪ參加者絕對不應該出現的完全鬆懈狀態，但不保證他下一個瞬間不會回過頭來，如此一來夏莉也只能開火了。

但為了能盡量靠近要捲進爆炸裡的對象，他們的身體前面都貼了裝甲板。

上屆ＳＪ４時，在橋上的戰鬥，夏莉的開花彈命中迫近的其中一人的腿部令其跌倒。

也因為這樣才成功讓他在那裡自爆，我方才好不容易得救——但是不清楚那個時候是不是貫穿防彈板了。即使重看轉播，也無法看清楚細部。

Ｍ表示，不認為他們的防具在強度上能媲美Ｍ的盾牌或者Ｔ—Ｓ小隊花錢購買的全身護具——不過射擊頭部的話，開花彈是不是能立刻奪走其性命呢？

沒辦法一擊就讓他死亡的話，在死亡之前只要讓他有短短一秒鐘的空檔，他就會自爆。記得應該是拉下從背包延伸出的繩子就會引爆了。

對那個傢伙來說，既然都要從ＳＪ退場了，總是會想找人陪葬，就算只有一個人也好。如果是自己的話就會這麼做。

要退後嗎……？

夏莉心裡這麼想，但這麼做也很危險。

正如大家所知，高山滑雪板不像普通的滑雪板那樣能流暢地退後。

想要離開這裡，不是舉起腳改變腳步來一百八十度迴轉，就是雙腳跳起然後在空中轉換方向，不然就是一邊前進一邊轉彎。

不論哪一種選擇都要花時間，而且可能發出聲音。

要是被發現，就會從後面遭到襲擊。

對方應該也持有某種槍械才對。像是輕量小巧的衝鋒槍之類的。不然就是手槍。

就只是揹著大量炸彈……對方不可能光靠這種愚蠢的裝備，就跑到這個極度嚴苛的戰場來。

實際上就只有那個愚蠢的裝備而已，不過夏莉不知道。也不可能會知道。

可惡……太大意了……

夏莉在心中這麼咒罵著。

靠得太近了。

但不靠近的話就無法發現對方的細部。真是進退兩難。

蹲下來的話，對方是否會沒注意到自己就離開？

雖然可能性會上升，但不希望把性命賭在這種行動上。

這樣的話，如果使用消去法，就只能這麼做。

夏莉的心中烙印下這樣的俳句（多字了）。
她繼續往前靠近一步。

＊　＊　＊

十三點十二分左右。
搭檔打從心底享受著ＧＧＯ、ＳＪ以及虛擬殺戮的時候……
「真是的，好孤單喔……」
克拉倫斯感到有點——不對，是非常害怕。太無助了。
剛才對Ｍ……
「ＯＫ！我會自己找樂子喲。反正我也沒有幫什麼人搬東西。就算死了也無所謂！」
留下充滿元氣的發言，但那只是虛張聲勢。自己承認只是在硬撐。
孤零零地在濃霧當中，怎麼可能不感到寂寞呢。
「說是要找個地方躲起來……」
正如Ｍ所說的，克拉倫斯的周圍是一片荒野。
是沒有任何人工物，荒涼且乾涸的大地。克拉倫斯每走一步，腳邊只有砂礫與岩石的大地就會揚起土塵。地形基本上相當平坦。

周圍稀稀落落地散布著小到克拉倫斯的膝蓋，大到比她身高還要高的岩石。

附近的岩石因為能看得清楚，所以能分辨出是岩石，但距離拉遠之後就會融入乳白色的濃霧當中。

越來越看不清楚細部，最後岩石變成只是朦朧的淡黑色剪影，很難分辨出到底是人類還是岩石。

「真是討厭的地方！」

克拉倫斯的稀有愛槍是把P90的系統安裝到AR突擊步槍內的「AR—57」，此時她一邊用力握住槍械一邊表示：

「但一直呆呆站在這裡也不是辦法。」

於是開始移動了。

M雖然要她緩緩移動，但在這個地點與濃霧之中，心理上對於緩慢移動還是有所抗拒。

因此她決定不遵守吩咐。反正也沒人看見。

雖然比不上蓮但腳程絕對不慢的克拉倫斯……

「衝吧！」

突然開始全力衝刺。

目標暫時是好不容易能看見的巨大岩石。

接著就緊貼在比自己更大的岩石，也就是能夠幫忙阻擋攻擊的掩蔽物上，然後開始環視四周。

雖然是在尋找該處是否存在其他角色，但岩石看起來果然很像人類，真的令人感到恐懼。

出現了嗎！

這麼想的克拉倫斯舉起AR—57，結果是不會動的岩石。

「啊啊真是的……」

於是再次全力奔向看得見的巨大岩石。

緊貼其上，環視周圍。然後再往下一顆岩石。

由於完全不清楚前進的方向，說不定自己只是在同樣的地方繞圈子。可能最後會不小心發現自己才剛踩下的足跡。

即使如此，克拉倫斯還是繼續奔跑。

「至少來個人吧。讓我把你幹掉。」

嘴裡還說著這種危險的發言。

就這樣漫無目的地在荒野徘徊了四分鐘左右。

當她貼在抵達的岩石上環視周圍時，突然看見在霧裡晃動的朦朧影子。

原本認為應該又是岩石，但確認到影子緩緩動著……

「嗚咿！」

克拉倫斯就躲在岩石後面，悄悄地窺探那個影子。

從影子這邊看過去的話，克拉倫斯已經跟岩石一體化，所以只要沒有太大的動作就不會被發現吧。

為了小心起見，視界也移往其他方向，確認過除此之外就沒有會動的影子了。

克拉倫斯緩緩露出臉來凝視著晃動的影子。

一直無法看出隱藏在霧裡的細部。也就是說，雖然看不清楚，但也沒有消失。影子從右側移動到左側，看起來幾乎是平行移動。

考慮到可能有追著那道影子從後面過來的某個人——也就是他或者是她的同伴存在，眼睛也看向影子的後方，不過看來沒有人跟上來。

影子不斷往左邊移動，這樣下去將會就此離開。整個人從視界裡消失。

克拉倫斯這時出現了幾個選項。

選項一！

趁現在還可以瞄準快點開槍！幹掉對方！

距離應該是大約20至25公尺。以愛槍瞄準並且以全自動模式開火的話，應該能解決掉他吧。

只不過，雖然可能性很低，但那個人如果是隊友呢？或者是組成同盟的ＳＨＩＮＣ的某個人呢？

沒有確認就直接開槍的話，可能會引發問題。可能性當然很低，比較可能是可以開槍射擊的敵人。

選項二！

還是放過那個傢伙吧！

對方沒有注意到我，就這樣放過他也是一個方法。

沒有注意到這裡的對方，應該再過幾秒鐘就會離開了吧。然後自己往對方過來的方向前進，這樣應該暫時能平安無事。

選項三！

向對方搭話！哈囉哈囉！你好嗎？小哥要不要一起玩？

也能採取這樣的戰術。雖然不清楚對方是誰，但是向他提出暫時聯手的提議。

但對方要是不賞臉直接拒絕時，自己就有被無情擊中的可能性，算是一把雙面刃。

選項四！

向對方搭話假裝提出聯手的提議，趁對方大意時偷襲來幹掉他！

這樣能盡情享受對方驚訝的表情，可以說是相當有趣的方法。

自己最喜歡幹這種事了。因為克拉倫斯終究是克拉倫斯啊。

不過這麼做還是有風險，也可能搭話的瞬間對方說一句「我才不需要伙伴！」後就瘋狂開火。

既然都要殺的話，那一開始就開槍才比較容易得手。

那麼，到底該怎麼辦呢？

克拉倫斯思考著。已經沒有時間了。

然後只花一秒就做出了選擇。

選項五！

進行「除此之外的選項」！應該很有趣！

克拉倫斯果然還是克拉倫斯。

不考慮後果，直接先尋找腳邊的大石頭。有了。是一顆拳頭大小，形狀漂亮，非常容易投擲的逸品。

克拉倫斯只用左手拿著AR—57，然後將那顆石頭……

「去吧！」

用力丟了出去。

在GGO裡練習過許多次投擲東西，所以很熟練了。沒錯，所謂的東西就是手榴彈。沒被人說過「只用前臂」或者「沒用到肩膀」。

投擲出去的石頭在空中移動十五公尺左右。

喀滋！

「呀！」

咦？

命中了在那裡的男人──從聲音就能分辨出來。而且還擊中了頭部。

絕對不是瞄準好，原本只是想石頭要是掉到他腳邊，他應該會嚇一大跳，屆時就能欣賞那傢伙慌了手腳的模樣，至於之後該怎麼辦，就只能隨機應變了，結果卻……

「什！咦？」

霧裡的影子產生動搖。明顯是慌了手腳。明明從該處移動是最佳的解決辦法，但對方卻連這都做不到。

「誰……誰在那裡嗎！」

大概拿著槍往四面八方亂指吧。

由於反應很有趣，於是克拉倫斯再次緩緩蹲下，同樣找到類似的石頭，然後也同樣丟了出去。

這次果然沒有命中，而是發出「咚滋」的聲音落在男人附近……

「咿咿！」

誘使他陷入恐慌。

很好，讓他更害怕。

克拉倫斯在內心如此決定。因為太有趣了。

現在自己能做的事，就是讓他更加地害怕吧？

雖然試著在腦袋裡檢討各式各樣的點子，不過絕對不能開槍。因為這樣對方會死亡。如此一來就不會感到恐怖了。

要再次穿內衣靠過去嗎？

這招克拉倫斯擅長的色誘作戰，在ＳＪ４的時候也相當活躍。

在虛擬世界的虛擬角色，再怎麼被看甚至是被摸她都無所謂。

她甚至覺得，在全力互相殘殺，亦即享受被現實世界禁止之事的世界裡，認為不能做色色的事情或者去在意這種小事的人才是腦袋有問題。這是克拉倫斯個人的感想。

不過，內衣作戰還是算了。

因為必須收起ＡＲ─５７，可不希望遭到射擊而死亡，說起來這樣只會讓對方開心。那可不行。那跟自己追求的不一樣。

如此一來到底該怎麼辦呢？

叮咚。

克拉倫斯腦袋裡的電燈泡亮了起來。

同一時間……

「靈機一動時腦袋裡浮現的電燈泡為什麼總是只有一顆，然後還飄浮在空中呢？也就是說沒有插在插頭上吧？這樣不會有電吧。怎麼可能還會亮呢。」

浮現了這樣的疑問，不過因為跟ＧＧＯ還有ＳＪ無關，所以先把它們丟到意識之外。

克拉倫斯靈機一動。

倉庫欄裡不就有一個從Pitohui那裡得到的，現在似乎能派得上用場的道具嗎？

前些日子開會時Pitohui開心地使用著，克拉倫斯幾天後跟她表示想要時，她就像贈送糖果一樣隨手把道具丟給她。

揮動左手把那個道具實體化後，克拉倫斯立刻開始使用。

叭噗叭噗！

荒野裡響起喇叭的聲音。

克拉倫斯左手拿著握住球狀唧筒來發出聲音的喇叭。

那是所謂的「叭噗喇叭」，更加正式一點的名稱則是「Cheer horn」。

也就是Pitohui在酒場裡使用的那個。

「咿！」

突然傳出的喇叭聲讓男人發出悲鳴。

然後……

開始隨著喊叫傳出槍聲。

男人開火了。沒有瞄準任何地方，而是陷入恐慌狀態中隨便找方向胡亂開槍。

即使如此，槍口還是被移往克拉倫斯的方向……

「好險啊！」

克拉倫斯躲在岩石後面，該顆岩石中了幾發子彈後微微晃動了起來。

背靠岩石的克拉倫斯視界裡，大量的彈道預測線從後面往前延伸過來，然後子彈以馬赫的速度沿線飛來。

男人瘋狂地開火再開火——

大約三秒鐘後。

大概是一口氣把突擊步槍一個三十發子彈的彈匣用光了吧。世界突然變得安靜。

叭噗叭噗叭噗叭噗叭噗！叭噗叭噗叭噗叭噗叭噗！

這是克拉倫斯的反擊。Cheer horn的亂響。像是惟恐天下不亂般拚命按壓喇叭。

「嗚哇啊！喂喂，搞什麼啊！」

重新裝填好子彈的男人再次開始亂射。

從彈道預測線的位置知道自己不會被擊中的克拉倫斯……

叭噗叭噗叭噗叭噗叭噗叭噗叭噗叭噗叭噗叭噗叭噗叭噗叭噗叭噗叭噗叭噗！

像是不願輸給槍聲般，使出了挑戰握力極限的攻擊。

槍聲與喇叭聲讓霧中世界變得極其吵雜。明顯是極為異常的空間。

然後——

世界突然變回安靜狀態。

槍聲在開始兩秒左右停了下來。

叭噗叭噗叭。

由於倏然停止，讓克拉倫斯的喇叭還多響了兩聲。

「嗯？」

然後探出頭來的她就看見了。剛才男人所在的方向閃爍著「Dead」標籤。即使在霧裡也看得很清楚。

如果不是男人突然厭世而自殺，或者不是手一個拿不穩而不小心擊中自己頭部的話——那就是被其他人擊中，也就表示有其他敵人靠近……

「糟糕。」

克拉倫斯丟下借來的喇叭，以雙手牢牢地拿著ＡＲ—５７。借來的喇叭掉落到大地上發出了悶響，之後會操縱視窗把你收回來，先原諒我吧。

現在更重要的是敵人。

克拉倫斯在岩石後面蹲低身子舉著愛槍，打算幹掉男人的其他敵人一來就毫不留情地瘋狂開火——

「來了。」

接著就從霧裡面，在「Ｄｅａｄ」標籤的旁邊發現一道晃動的嬌小影子。

看來對方是以極快的速度往這邊跑，其身形從霧裡變得明顯……

「啊！等等——呀啊！喂！那個——」

注意到某件事的克拉倫斯發出的不是子彈而是聲音。

「名字！那個……對了！塔妮亞！」

克拉倫斯從岩石旁轉身呼喚女性名字的同時……

鏘咚！

嚇了一跳的塔妮亞也忍不住以加裝消音器的「野牛衝鋒槍」發射出一發子彈。

「嗚嗚嗚，這個仇我死都不會忘記……看我詛咒妳到永遠……」

「真的很對不起！」

「唉，沒關係啦。今天是寬宏大量日。」

黑色戰鬥服加上黑髮的克拉倫斯，這時與布滿鮮豔綠色顆粒迷彩服加上白髮的塔妮亞蹲在巨大岩石後面，一邊監看相反方向一邊坐了下來。

克拉倫斯的臉頰上閃爍著紅色中彈特效的光芒。

大約三十秒前發生的事情。

塔妮亞不小心發射出去的9毫米帕拉貝倫彈，精準地朝克拉倫斯飛去，命中她的右頰後從左頰穿出去。

「咕呀啊！」

克拉倫斯受傷，HP減少三成。

不過一想到中彈處再往後10公分的話就會直擊小腦而可能造成立即死亡，就會覺得很幸運了吧。

「呀啊啊啊！對不起對不起！」

塔妮亞放下裝了消音器的槍口並且道歉。說起來這算是攻擊了同伴。

克拉倫斯立刻施打急救治療套件，努力回復ＨＰ。

目前決定暫時不隨便移動，兩個人背靠在巨大岩石上用四隻眼睛警戒著周圍，有敵人過來的話就兩個人加以對應。

「不管怎麼說，這樣就有兩倍的眼線了！跟自己一個人亂晃比起來，這樣內心可是踏實多了！」

克拉倫斯以極細微的聲音興奮地說道。這是她的真心話。

由於通訊道具已經連線，聲音確實傳到塔妮亞耳朵裡……

「我也這麼覺得！話說回來，這次這個小隊被分散開來的規則──」

「「太過分了！」」

兩個人異口同聲地這麼說道。

接著兩個女生就輕笑了起來。簡直就像學校教室裡的一幕。

充滿殺伐之氣的ＧＧＯ裡，吹起了一陣清爽的風。

由於附近沒有男性，所以沒有任何人能夠感受到這陣風。實在太可惜了。

「當隊長的小蓮一定很辛苦吧。」

克拉倫斯這麼呢喃。

從顯示在視界左上的伙伴狀態沒有被打×就能知道她尚未死亡，至於是否平安無事毫髮無傷就無從得知了。

「妳們家的老大呢？」

克拉倫斯一這麼問，就得到驚人的回答。

「噢，我們ＳＨＩＮＣ的隊長這次不是老大了喲。」

「什麼！」

「是安娜。從這次開始，覺得把隊長的位置當成誘餌也是可行的作戰。沒想到會有這樣的規則。安娜被大家當成目標，內心一定很害怕吧……希望她不要哭出來。」

「是那個金髮戴太陽眼鏡的人吧？她是美女所以不用擔心。周圍的男人一定都會害羞不已，再趁機砍掉他們的頭。」

「啊哈哈。」

兩人邊說話邊搜尋著敵人，結果這段期間沒有敵人出現，雖然不能算是取而代之，不過十三點二十分的腳步接近了。

這是第二次掃描。

「但是呢，現在這樣——」

塔妮亞把想到的事情說出口。

「就算看了，還是有一百多名對掃描沒有反應的玩家到處亂晃吧，那看掃描根本沒什麼意義嘛。」

正是如此。

就算看了掃描，也不保證周圍的完全。

當然這同時也表示自己的位置也不會出現在掃描上，所以所在地點不會被其他人發現。

「所以，可以的話還是別亂動比較好吧？」

克拉倫斯這麼說時，時間正好來到二十分。

兩個人一起觀看第二次掃描。觀看時眼睛忙碌地往來於儀器畫面與周圍之間。同時也沒忘記用身體擋住來防止光芒外露。

小隊的數量完全沒有減少。

然後……

「安娜好像稍微靠過來了。我們在中央的上面附近。」

正如塔妮亞所說的，大概可以知道我方的所在地。

託克拉倫斯到處移動的福，還有也靠著同樣持續移動的塔妮亞的幫助，兩個人的地圖合而為一，自動開圖機能所描繪出來的區域增加了。

兩個人就靠著地圖，得知自己正在正方形戰場的哪邊附近。

地圖顯示出來的是畫面的中央上面附近。

從她們右邊，或者可以說東側的戰場地圖右上邊緣開始遊戲的安娜，稍微移動後往這邊靠近了。

「不過還有三公里以上吧……在這樣的濃霧當中，想要安全地移動這樣的距離實在有點困難……何況又有許多敵人。」

塔妮亞的聲音……

「由我們過去接她吧？」

讓克拉倫斯做出這樣的提案。

但塔妮亞卻發出猶豫的聲音。

「嗯……老大說要是在安全的地點就不要隨便亂動。剛才是因為聽見槍聲才會靠過來。」

「原來如此。結果還是悠閒度過一個小時才是正解嗎……」

克拉倫斯這麼說完，把結束任務的衛星掃描接受器收到褲子腿部口袋的時候。

「敵人！」

塔妮亞尖銳的聲音就傳進她的耳朵。

由於塔妮亞滾到自己身邊，所以可以知道霧裡面有人從她那邊過來，於是克拉倫斯就架起AR—57，半蹲著從岩石後面稍微探出頭來偷窺。

看到的是在霧裡面奔馳的男人。

「是光學槍小隊的。」

塔妮亞以尖銳的聲音表示。

手上拿著的槍械是名為「MG2504」的機關槍型光學槍。

從它並非現實槍械的外形，可以判斷出對方是持續頑固地使用光學槍的RGB小隊成員之一。

目前就只有他們在SJ裡使用不適合對人戰的光學槍。這是他們的堅持。

由於光學槍的子彈會被所有人都擁有的光彈防護罩削弱，所以無法造成嚴重傷害，但現在距離很近，機關槍型態的槍械可以毫不留情地連射，所以相當棘手。千萬大意不得。

當兩人正在思考該怎麼辦時……

「唔？他正被追趕？」

克拉倫斯說出注意到的事情。

霧裡的男人經常回過頭，所以看起來像是在倒退。

現在槍口朝後，背部朝向這邊。

「好像正在逃走。」

最後男人重新轉向前方，然後躲藏在該處的一塊岩石後面。

距離克拉倫斯與塔妮亞大約15公尺外的地點。

從兩人這邊看去稍微偏右側，男人雖然覺得自己躲起來了，但變成半邊身體，也就是左半身其實完全暴露在兩個人面前的狀態。

「要是他長期待在那裡就麻煩了。」

克拉倫斯說道……

「是啊。我來幹掉他吧？」

塔妮亞如此提案。

「我啦，我也想開槍啊。」

「我啦，這時候應該交給裝了消音器的我。」

「應該是我啦，因為威力是我稍微占上風。」

兩名女性玩家說著我啦我啦來爭論著該由誰開槍。這可不是詐騙電話。

「那就手牽手Let's kill吧。」

克拉倫斯這麼說的瞬間，該名男性，也就是RGB成員之一就開始開槍了。由於光學槍比實彈槍還輕，所以就算是機關槍可能輕鬆靠在肩上射擊。

在藏身於岩石後的狀態下，把ＭＧ２５０４架在肩膀上的男人開始猛烈的射擊。

光學槍特有的「嗶嗶嗶嗶嗶嗶嗶嗶嗶咻」槍聲響起，黃色光粒往克拉倫斯與塔妮亞的視界左側延伸出去。

按照慣例，光學槍有「威力優先」與「連射優先」兩種射擊模式可以選擇。

選擇威力優先的話連射速度會變慢，但每一發的威力會增加，連射優先則是相反。

他似乎是選擇了連射優先。並非集中於一點，而是持續著向周圍撒出子彈的射擊。由於子彈幾乎沒有中斷，看起來就像用水管灑水一樣。

光彈像揮舞出去的鞭子般變成一條線逐漸消失在濃霧裡面，但克拉倫斯她們沒有看見敵人。難道男人看見了嗎？

光學槍怒吼了十秒鐘左右，然後瞬時變得安靜。

「幹掉了嗎？」

「誰知道？」

面對塔妮亞與克拉倫斯的疑問，就像要表示「這就是答案！」般響起猛烈的槍聲。

咚咚咚咚咚咚咚咚咚咚咚。

像是要晃動地面般渾厚的重低音。

讓光線槍的聲響聽起來宛如兒戲一般的沉重槍聲持續了三秒左右。

飛過來的子彈命中ＲＧＢ成員之一躲藏的岩石，開始喀哩喀哩地削起岩石。

塔妮亞與克拉倫斯的視線從遭射擊的一方移到射擊的一方。

霧後面可以朦朧看見，以及逐漸可以清楚看見的，是鮮豔的砲口火焰以及拿著火焰來源槍械的男人。

對方有著高大強壯的體格，留著把褐髮整個往後梳的髮型，以及雞冠般翹起來的瀏海。

身穿綠色抓毛絨外套以及黑色戰鬥褲，抵在肩膀上的大型槍械是「Ｍ２４０Ｂ」機槍。

揹著的巨大箱子是背包型供彈系統。

ＺＥＭＡＬ的一員——休伊現身了。

休伊發射的7.62毫米彈變成一秒鐘10發的暴風雨襲擊著岩石。子彈削落岩石後噴灑下碎片……

「嗚呀！」

可憐的男人整個身體閃爍著中彈特效光芒，變成一個鮮紅的人偶。「Ｄｅａｄ」標籤在他身體上方亮起。

瘋狂射擊的休伊不再開槍，停下腳步後露出小心翼翼地注意周圍的模樣。

野生的ＺＥＭＡＬ出現了！

該怎麼辦呢？

「——快逃啊！——」

塔妮亞與克拉倫斯異口同聲地說道。看來是全場一致通過。

不能與那種火力怪物為敵。

我方只要稍微開槍的瞬間，對方就會以強大火力反擊，到時候就會有彈雨降下了吧。

屆時就會跟剛才的男人一樣，連同藏身的岩石一起遭到瘋狂射擊。

兩個人往左右兩邊衝出進行夾擊的話，或許有一個人能存活下來，但這樣對小隊沒有好處。因為目標是取得優勝。

面對最多也只能兩敗俱傷的對手，還是三十六計走為上策。

兩名女性玩家轉身跑了起來。

巨大岩石應該能幫忙從休伊的視線中擋住兩人的身影才對……

「別往這裡開槍！」

「別開槍！」

克拉倫斯與塔妮亞全力奔跑。

不考慮奔跑的方向，只是盡力拚命地跑著。

然後總算是沒有被對方發現。

休伊沒有朝她們開槍。

即使如此還是專心地跑著……

「要跑到什麼時候？」

「不知道！」

「好吧，那就跑到不能跑為止！」

「好喔！」

或許可以稱為跑步者的愉悅感吧，兩個人就像發狂一樣持續地跑著。

雖然塔妮亞的腳程比較快，但因為濃霧看不見前方而稍微保留實力，結果奔馳速度自然就變成跟克拉倫斯一樣了。

肩並著肩跑步。

「啊哈哈，真開心！」

克拉倫斯露出閃亮的白色牙齒……

「像這樣也很不錯！」

塔妮亞也展現笑容。

這時候在霧裡……

「那是什麼？」

也有玩家朦朧地發現兩名奔跑的女性，但是因為距離與角度，在開槍前就錯失了她們的身影。看來運氣也跟著她們一起跑。

「VR遊戲可以測試肉體的極限，真的很有趣呢！」

為了新體操這樣的運動而開始完全潛行的塔妮亞這麼表示……

「我懂！做現實世界辦不到的事情真的很開心！」

全力奔跑的克拉倫斯也表示同意。某方面來說，她腦袋裡的想法跟塔妮亞所說的意思有點不太一樣，不過兩個人沒有注意到這件事。

之後克拉倫斯又以感觸良多的口氣加了一句：

「如果能一直活在這個世界就好了……我果然……不太喜歡現實世界……應該說還是有點討厭……」

塔妮亞沒有對這段話做出回應。

兩個人繼續跑了三分鐘。

克拉倫斯與塔妮亞……

「嗯？」

「啊？」

是在霧裡面有牆壁逼近才停下腳步。

原本是乳白色的世界，突然從前方冒出某種黑色物體，然後以極為猛烈的速度無聲朝我方逼近。

實際上是自己在奔跑，驚訝地停下腳步後，物體也就不再移動。

「這是什麼……？」

塔妮亞回答：

「牆壁吧？」

克拉倫斯緩緩靠近，到了可以分辨細部的距離就抬頭往上看。

出現在眼前的是由淡褐色石頭所搭建起來的巨大歐風城牆。因為濃霧的關係，上面與左右都看不到盡頭。

只知道牆壁非常高，而且朝著左右兩邊不斷延伸出去。

其側面出現了文字。

「哦？」

「啊！」

塔妮亞與克拉倫斯驚訝地凝視著的前方，有人類三倍大左右的文字就像被烤出來一樣緩緩浮現出來。

也就是說，有某個玩家過來的話，城牆就會負起顯示情報的任務。文字完全顯現，組合起來形成一篇文章。

「什麼……」

看著文章的塔妮亞……

「什麼……」

以及克拉倫斯嚇了一大跳。

克拉倫斯看著塔妮亞的臉，直率地把內心產生的疑問說出口。

「為什麼是明朝體？」

塔妮亞做出回應。

「咦？那是重點嗎？」

SECT.8

第八章　至今為止的M

M他……

「那麼——」

是在大樓的一樓迎接十三點十分。

他開始的地點是都市。

是在SJ1與SJ4都曾見過的，GGO裡並不稀奇的荒廢都市戰場。

雖然因為此地也籠罩在濃霧之中而看不見遠方，不過輕易就能預測出能看見時的光景。

以美國的大都市為範本，道路呈棋盤狀延伸，而被街道包圍的街區——也就是所謂的Block裡面建立了高樓大廈。面積大的話可能只有一棟，小的話則有複數。

成為廢屋的大樓有著單調四角形外表，就算矮的也有十層左右，高的則大概有三十層。

在這樣的大樓裡面偶爾——

會出現設計師完全展現自己的慾望，然後又沒有人能阻止他般莫名講究的大樓。

另外也有像弄錯預算而多了一個位數般超過兩百公尺的超高層大樓，宛若又高又細的煙囪一樣聳立著。

由於M是從貫穿這種廢棄都市的大路上開始遊戲，所以他之後馬上就躲進了最近的大樓裡。雖然應該會因為濃霧而看不見，不過還是小心為上。

要是在這裡戰鬥的話，必然會成為市街戰。不論是在現實世界還是ＧＧＯ，躲藏地點眾多的市街戰容易演變成近身戰，戰鬥當然會變得激烈。

至於敵人的話，真的得面對隔壁的大樓，甚至隔壁房間就有敵人這樣的戰鬥。

爭奪一條小小道路、一棟建築物，射擊眼前的敵人或者投擲手榴彈，有時近代戰爭也會發生白兵戰——所謂的市街戰就是如此恐怖的東西。幸好這只是遊戲而已。

雖然是一座廢棄的都市，但對於現在的Ｍ來說，是最適合一直藏身到十四點的地點。

因為可以躲藏的地點實在太多了，所以比克拉倫斯要輕鬆許多。

在十四點這些濃霧消散之前，勉強行動根本沒有意義。這時候還是悄悄地躲起來吧。

Ｍ撥開廢棄大樓內的瓦礫，有時候將其翻面來尋找樓梯。他立刻就找到，一邊確認著腳邊一邊靜靜往上爬。

使用的槍械是擅長於８００公尺左右距離進行狙擊的7.62毫米口徑的Ｍ１４．ＥＢＲ。就算要躲起來，從高處往下看著街道還是比較有利。

相對地，所在地點要是被發現，就會有敵人將在一樓伏擊而難以逃到外面的缺點。

不過那是敵人為一整支小隊的情況，現在還是選擇容易狙擊的地點為上。

Ｍ靜靜動著巨大身軀爬上微暗的階梯。

GGO的廢墟有時會出現地面崩塌的陷阱，所以無論何時都要小心謹慎，一步一步慢慢把體重放上去，一邊確認是否牢靠一邊往上爬。

在途中的樓梯平台，從破爛的告示板上得知這棟大樓有二十層左右。

M來到五樓就不再往上爬，一邊確認著地板沒有崩塌，一邊在原本是辦公室的樓層前進。最後來到能夠俯瞰大路的牆邊。

靠近從天花板一直到地板，且玻璃已經消失的窗邊，在其前方放置一枚實體化的小鏡子。

那是一面圓形的凸面鏡。就像是把道路上可見的廣角鏡縮小一樣。

藉由觀看這面鏡子，就能夠在背靠堅固牆壁的安全態勢下監視下方道路的大部分方位。

雖然因為濃霧而顯得朦朧，但總算是能看出道路的模樣。

大路相當寬敞，大概有30公尺左右。車道是單邊三線合計共六線道，左右兩邊的步道也鋪設得相當寬。

柏油路面還算是平整，確實殘留著能讓車輛行駛的平面。

路面上沒有車輛。能見範圍內看不到任何破爛的廢棄車輛或是能作為道具使用的車輛。放眼望去就只有漂亮的直線道路。

「原來如此……」

M似乎注意到什麼，只見他輕聲這麼呢喃著。

不過因為沒有同伴在身邊，所以沒有人詢問他到底發現了什麼。

M看了一下手錶，時間是十三點十四分。

再來就只要像這樣——

暫時在這裡待機吧。

這位就是暫時決定在此待機的M。

彷彿岩石般的巨大身軀，就跟岩石一樣一動也不動地待在該處。

M他，或許應該說其操縱者阿僧祇豪志很習慣等待。

他是那種只要是為了自己的目的，可以在什麼都沒有的地方不論等幾個小時都沒問題的跟蹤——不對，是很會忍耐的人。

然後時間來到十三點二十分。

「那麼……」

M取出衛星掃描接收器後，把它放到脫下來的闊邊帽裡面並且拿到臉的前面。這是小心不讓光線外洩出去的舉動。

掃描開始，儀器上顯示出結果。

十分鐘前，像是在地圖邊緣的地點發光的ＬＰＦＭ還是在相似的地點發著光。雖然可以從視界左上的眾伙伴顯示得知蓮尚未死亡，不過不知道她在做什麼。如果有所活躍就太好了。

然後說到M自己身處何方——

由於以直線距離來看幾乎是沒有移動，所以沒有開到什麼地圖。即使把比例尺放到最大也看不出來。

這也是沒辦法的事，而且只為了開地圖就移動並不是什麼好的策略，所以M決定如果沒有什麼特別的事，就繼續在這裡待機十分鐘。

接著經過了八分鐘。

這段時間裡世界是靜到了極點。

可以說靜到讓人害怕。

周圍的玩家應該採取跟M相同的作戰吧。也就是在十四點前不貿然行動。

附近完全沒有發生過槍戰，而且也沒有風，所以沒有一絲聲響，只有時間不停地流逝。

M有許多安靜思考事情的時間。

於是他想了許多事情。

像是作為阿僧祇豪志，從出生到大學時代，過著陰暗的青春時代而得不到滿足的事情。

突然遇見了女神時的事情。

必然跟蹤起女神的事情。
偶然被女神痛揍一頓的事情。
從此以後每天過得幸福疼痛又滿足的事情。
知道自己為何而生的日子等事情。
女神突然說出要在遊戲中賭命，自己也陪她這麼做時的事情。
差點就要知道自己會如何死亡的事情。
兩人被蓮這個嬌小又巨大的存在所救的事情。
以及從那之後到現在。以下省略。
十三點二十八分左右……
「嗯？」
M聽見細微的「滋嗯」聲響。
應該是在某個略遠的地點，或者大樓裡面的戰鬥——比方說手榴彈爆炸了，但之後就沒有任何聲音，世界馬上恢復平靜。
「…………」
M依然保持沉默，稍微移動身體，不是透過鏡子而是直接用肉眼看向窗外。
窗外沉浸在濃霧裡的廢棄都市跟剛才沒有兩樣，依然只是靜靜地佇立在那裡。

「…………」

M把石頭般臉龐與岩石般身軀移回來。

不久後左手腕上的手錶開始震動——

告訴M時間已經是十三點二十九分三十秒了。

十三點三十分。

雖然彈藥、能源完全回復了，但M在SJ5裡尚未發射子彈，所以跟他一點關係都沒有。

再次以闊邊帽隱藏畫面並且觀看第三次的掃描。

蓮稍微往東北方移動了。

雖然從這裡無法得知她在做什麼，但也只能期待她有好的表現。嗯，蓮的話應該沒問題吧。

她真的很強。這是無庸置疑的事實，是M與Pitohui現在唯一感到害怕的角色。

同樣是從地圖四個角落開始遊戲的MMTM、SHINC、ZEMAL等強隊則稍微靠近中央。

預先為了會合而緩緩開始移動了嗎，還是出現不能繼續待在原地的理由呢？

然後剩下來的隊伍數量是三十。仍未出現全滅的隊伍。

大概只能知道這些事情。

掃描結束了。

當M想著，再過十分鐘又要重新開始一次這段坐禪般的時間時。

噠噠噠噠噠嗯。

從遠方傳來連續敲打小太鼓般清脆的槍聲。

然後再次聽見稍微變大的相同聲音。就像是把音量從二加到四那樣。

有人正以全自動模式開火。目前仍不知道是戰鬥還是試射，又或者是為了吸引敵人的欺敵手段。

由於槍聲在大樓之間迴盪所以很難掌握到正確位置，不過大概可以知道方向。

是從現在自己所在的位置——前方可見的大路右側傳來。

噠噠噠噠噠噠嗯咚咚嗯。噠噠嗯咚嗯。

槍聲變得更大了。同時跟其他槍聲重疊在一起。

如果對方不是獨自使用兩把不同槍械的高強變態，那就是兩個人以不同的槍械開火。

M的耳朵與腦袋做出預測。

一開始聽見的清脆槍聲應該是5.56毫米等級的突擊步槍。然後與其重疊的沉重槍聲則是

7.62毫米等級的戰鬥步槍。

另外還有其他光聽聲音就能知道的情報。

那兩個人並非處於互相對戰的狀態，也就是說不是在互相射擊。兩個人是對著共同的敵人開槍。

M輕輕移動巨大身軀，來站在牆壁邊緣靠近窗戶旁邊的地方。

為了不讓外面看見，他沒有前進到快要碰到窗戶的地方。而是站在牆壁陰影的位置，從窗邊後退大約兩公尺之處。

然後先環視周圍。

檢查附近大樓是不是有跟M一樣躲藏在大樓裡面，跟M一樣聽見槍聲後想要窺探的其他人存在。

由於看起來沒有問題，M便往下看著槍聲傳過來的方向，也就是大路的右側。

接著他就看見了。

在稍微變淡的霧氣中，從大路上跑過來的角色。

他立刻就知道那是誰了。

穿著綠色斑點的俄羅斯製迷彩服，有著一頭金色長髮的角色。臉上戴著太陽眼鏡。頭上還有迷彩針織帽。

那是安娜。

盟友ＳＨＩＮＣ的成員之一，使用「德拉古諾夫ＳＶＤ」半自動狙擊槍的狙擊手。

操縱者是安中萌這名有著乖巧外貌，實際上個性也相當乖巧的高二女生。一起唱ＫＴＶ的時候豪志也見過她了。

現在那個安娜正死命地奔跑。

雙手抱著又長又細的德拉古諾夫狙擊槍，在大路的中央奔跑著。那是有時加入左右的步伐並且頻頻回頭往後看的拚死全力急奔。波浪狀的金髮隨著風一起搖曳。

看來已經中了幾發子彈，身上可以看到紅色的中彈特效。中彈的腳部應該相當疼痛，即使如此她還是持續奔跑著。那體幹絲毫沒有失去平衡的奔跑姿勢，只能說操縱者真不愧是運動選手。

彈道預測線與子彈像要追趕奔跑的安娜一樣從空中飛至。

Ｍ瞬間理解眼前的狀況。

應該說要搞不懂還比較困難。安娜至少被兩個人以上的敵人追著。就這麼簡單。

因為濃霧的關係，眼睛無法看見距離三十公尺以上的敵人位置。所以安娜才會如此拚命地奔跑。

敵人也以同樣的速度跑著，好不容易才能保持住只能看見安娜影子的距離。

然後心想就算瞎貓碰見死耗子也沒關係而邊跑邊開槍。

由於安娜能看見彈道預測線，所以踩著左右的腳步，也就是一邊躲開子彈一邊奔跑。

安娜沒有逃進大路左右兩邊的大樓裡。

因為要是被看見躲到裡面去的話就沒有生機了。進入建築物當中，被兩個人慢慢進逼的話，將會陷入極度不利的狀況。屆時只能面臨戰死的命運。

所以才全力在這條長長的直線道路上奔跑，想辦法一溜煙——不對，是一溜「霧」甩開敵人。

「算是正確的判斷了。」

M用過去式來說這句話。

看著安娜通過自己正下方，M把瞄準鏡的倍率調到最低，然後舉起M14・EBR。但還沒架到肩膀上。

然後緩緩慢移動到牆邊，俯視右側的大路。

M的雙眼確認到兩名從霧裡出現的男人。雖然有點模糊，但可以看得見了。

其中一個是穿著紅褐色迷彩，手拿AC—556F的男性。他是從SJ1就參加的小隊其中一名成員。

另一個人是拿著「FAL」突擊步槍，裝備獨特迷彩服與胸掛包，做羅德西亞叢林戰爭當時傭兵打扮的男人。是重現歷史的角色扮演小隊NSS的其中一員。

M以流暢且迅速的動作架起愛槍，首先把瞄準鏡對準現在舉起槍做出射擊動作的紅褐色迷彩男。

由於男人正在奔跑，所以瞄準稍微前面一點的地方。

M的手指剛碰到扳機的瞬間就順勢扣了下去。

嗞嗯！

M14・EBR發出銳利的吼聲。槍械右側的槍機拉柄與裡面的槍機猛烈地一來一往。空彈殼排出，下一發子彈被送進膛室——這是一瞬間發生的事。

紅褐色迷彩男的脖子上方被射穿，系統判定脊髓遭到破壞，幾秒鐘後就進入立即死亡狀態。

在倒地的男人死亡之前，M的右眼已經捕捉到羅德西亞傭兵。

快節奏發射出去的下一發子彈，從斜上方往斜下方貫穿仍未發現伙伴已經死亡的男人頭部。

安娜聽見頭上傳來兩聲槍聲，接著就變得安靜……

「…………」

雖然猶豫了一下，但這樣的狀況還是讓她停下腳步。

如果射手是同伴就能會合了。

但如果只是想獲得漁翁之利的敵人——下一個被擊中的就會是自己。

安娜往上看著大樓。

然後從右側大樓五樓只剩下窗框的窗戶看到用力揮動的帽子與手臂。

十三點三十三分。

「M先生，真的多虧有您。太感謝您了。」

爬到M所在樓層的安娜先是開口這麼說道。

「不用這麼客氣。這樣講話太浪費時間了，緊急的時候會很難簡短地傳達訊息。還有，這只是小事一件，安娜。」

然後就獲得M的迎接。

M持續低頭看著兩個「Dead」標籤保持著警戒，所以沒有把臉朝向安娜。

安娜在樓層入口前面蹲了下來，然後在該處警戒著自己走進來的走廊方面。

雖然在室內不好操控全長有1．2公尺的德拉古諾夫狙擊槍，但其他武器只有發射9毫米手槍子彈的Strizh手槍，因為決定重視威力，所以也只能繼續使用狙擊槍了。

M左手操縱視窗，請求跟安娜連結通訊道具。由於仍隔了數公尺遠，原本以為距離上來說可能辦不到，結果順利完成了。

M與安娜的通訊道具連上線了。

「受了多少傷害？」

M小聲這麼詢問。

「到處都中彈了HP還剩下一半左右。剛才我已經施打了──打過急救治療套件。」

「真是危險。能幫上忙真是太好了。我是從這裡開始遊戲，安娜呢？」

「稍微往東北，在戰場地圖右上邊緣的地方。其實我這次是小隊的隊長，所以雖然一直躲著，但在附近的兩個人就靠著剛才的掃描輕易地發現我然後追了上來。」

「噢，原來如此……」

M的腦袋裡開始畫起地圖。

SHINC、LPFM──也就是可以知道，安娜是在蓮地圖的對角線上最遙遠的位置。

既然安娜是在那個地方，那麼自己現在應該是在地圖東北區域，或者是右上的某處。

然後已經跟安娜在一起的話，那麼每次掃描，也就是每隔十分鐘所在地就會被發現。

「沒辦法在這裡待到十四點。我們朝地圖中央移動吧。」

「了解。」

M立刻做出決定，安娜也遵從他的提案。

「不過在那之前，我想先看地圖。」

M靠近安娜，接著取出衛星掃描接收器。一靠近安娜的接收器，地圖就自動整合為一。

「情報增加了。太好了。」

M手中的畫面也出現安娜一路逃過來畫出的地圖。

從戰場地圖右上的起始地點朝西南不斷呈鋸齒狀移動2公里左右，然後在某一點轉往南方。

接著筆直向南前進了1公里左右。

這條直線就是眼前的大路不會錯了。所以大路是南北走向，暫時先沿著這條道路前進的話，雖然不知道會遇見什麼，不過應該可以抵達其他地形才對。

「希望能盡快通過這條大路。」

「這麼一來……需要某種交通工具？」

「沒錯。趕緊找找附近有沒有吧。」

安娜看了一下手錶。目前時間是十三點三十五分。再過五分鐘就要開始掃描，位置將會曝光。

「在這個地方待機，五分鐘後我當誘餌，M先生則伏擊過來的敵人如何？」

她做出這樣的提案。

但M已經開始快步走下階梯。安娜隨即跟了上去。

「邊走邊說。隊長誘餌作戰——我也考慮過，但有了出現恐怖敵人的不祥預感，所以不想這麼做。」

「你的意思是？」

「看過SJ4的戰鬥紀錄影像了嗎？就是我們在開局時準備渡過河川與潮濕地帶的時候。」

「嗯。」

「讓我們在橋上陷入危機的那支名為DOOM的自爆小隊。那些傢伙真的很難搞。是一群不考慮優勝，只想找知名隊伍發動自爆特攻的傢伙。對上他們不是什麼好事。」

「但這次參賽的隊伍裡沒有他們的名字。比賽前大家確認過了，所以不會錯的。」

「是啊。所以我才會一時大意。但我錯了。剛才十三點二十八分左右，稍微聽見爆炸聲。像是隔壁鎮舉行煙火大會般，也像是看不見光芒的遠雷般，非常遠且非常大的爆炸聲。現在想起來，我認為那是DOOM的自爆。參賽名單上之所以看不到名字，應該是知道戰鬥方式曝光而改變了小隊名稱。這沒有被禁止。」

「原來如此……」

M跟安娜下到一樓，來到大樓的入口。

眼睛就不用說了，耳朵也豎起來聽著聲音，警戒著周圍好一陣子。判斷沒問題後，就一個接一個來到大路上。

「要走嘍。」

「了解！」

M跟安娜開始往南跑。

不過不是從道路中央，而是在左側邊緣。

這是為了如果遭到槍擊就能夠立刻衝進大樓裡面。奔跑中的M也沒有忘記要警戒上方，也就是建築物的上面。

安娜則是跟在他後面。為了兩個人不會同時因為一次全自動連射或者一個手榴彈而全滅，所以經常隔了5公尺的距離。

雖然只有兩個人，但安娜依然算是「殿後」，所以頻繁地連同槍口一起回過頭去警戒著後方。因為最恐怖的就是先等待兩個人經過，然後才從後面追上來的襲擊。

由於安娜的腳程比M還快，所以不用擔心會被拋下。

偶爾碰到十字路口時，M會先用鏡子警戒轉彎處，確認過安全後才會個別通過。

十三點三十六分。

安娜小聲地問道：

「我可以問一下嗎？」

「嗯。」

「自爆小隊最多還剩下五名成員對吧？」

「沒錯。然後那些傢伙絕對『只會』追求爆冷門，所以會看準優勝候補的地點衝過來。也就是說ＳＨＩＮＣ，亦即安娜正是目標之一。」

「嗚——」

安娜繃起太陽眼鏡底下的臉孔。簡直有種被跟蹤狂盯上了的心情。

「好像被跟蹤狂盯上了一樣。」

她忍不住說出內心的想法。自己雖然看不見，不過應該也表現在臉上了。

「那真是太慘了。」

Ｍ這麼說道。

Ｙｏｕ有資格說嗎？

由於蓮、不可次郎和Pitohui都不在現場，所以沒有能夠吐嘈的人。

「但是！」

M突然在一棟大樓前停下腳步，然後豪邁地以M14・EBR的槍托往下擊打窗戶的玻璃。

看起來很堅固的玻璃不斷破裂並且消失。

「這次就用這傢伙來逃走。」

窗戶後面有一台交通工具。

我們居住的這個地球上——

存在名為「福斯1型」的車輛。

就算不知道這個正式名稱，只要聽到「福斯金龜車」或者「金龜子」的愛稱，幾乎所有人的腦袋都能浮現出具有兩個圓形車燈，以柔和弧線為主體的可愛車子。

那是德國製造的小型車傑作。

它在久遠的一九三八年誕生，從一九四一年持續生產販賣到二〇〇三年。出廠了相當多的數量並且販賣出去。

其中有將1型——金龜車改造成越野賽用的車輛。

構造單純且車輛數龐大，價格也相當便宜的金龜車是最適合賽車手進行改造的母體。

雖然直接使用原本的車體，但是為了保護搭乘者與提升車體強度，會在車內以及車架底下加裝粗大鐵管。錯綜複雜的鐵管讓內部變得狹窄，看起來就像是鳥籠一樣。然後再將車體各個多餘的部分切除，讓它變得更單純。大燈的位置也從容易撞到的保險桿變更到車體上。

進行越野賽時最重要的車軸則更換為非常堅固的臂式懸吊系統。另外吸收衝擊的阻尼器與彈簧也安裝了堅固的賽車專用款。輪胎也更換成上面有凹凸不平胎紋的越野專用胎。這些改造讓車體寬度比通常的金龜車要膨脹許多。轉生為腳特別長，能夠用力踩穩四個角落般充滿元氣的型態。

車體前後安裝了鐵管構成的硬實護欄，有的還會加裝夜間行駛用的車燈。金龜車的空冷水平對臥四缸引擎位於車體後部，只用來驅動後輪。然後引擎也盡可能提升馬力。

像這樣以金龜車為基礎所完成的越野小汽車，因為在墨西哥的「下加利福尼亞半島（Península de Baja California）」舉行的知名越野賽事而被加上「Baja Bug」的通稱。

可以說是源自「Baja Buggy」的簡稱，也可以說源自金龜車的愛稱Bug。

結果在完全沒有進行這種詳細說明的情況下——

來到大樓一樓一台作為裝飾的黃色Baja Bug前面……

「我認為這傢伙能動。拜託妳暫時警戒周邊。」

M對安娜這麼說道。

他一邊說一邊以左手進行操作，解除了裝備的實體化。

背上收納著防彈板的大背包，以及掛在肩上的主武器M14・EBR都變成光粒消失了。連收在右腿槍套裡的「HK45」手槍也一同消失。

現在的M是赤手空拳。受到敵人襲擊的話，不是出拳頭還是布來毆打，就是出剪刀來戳敵人的眼睛。

M把帽沿寬廣的闊邊帽從頭上拿下來，然後塞進裝備背心裡。接著打開Baja Bug的門，巨軀滑入車體左側的駕駛座。順帶一提，車門上面沒有玻璃。

車體原本就絕對不算大，加上車內還設置為了保護安全而被稱為「防滾架」的鐵架。現在還要再加上M的巨軀。

等等，這應該進不去吧，旁人的眼裡看起來或許是這樣，但這可是遊戲。某種程度上會加以通融。

在好不容易才能坐下，好不容易才能操縱方向盤、排檔桿的擁擠狀態下，M總算是坐進了駕駛座。

M在破破爛爛且儀表已經全部壞掉的儀表板上相當隨便地按下一個按鈕。因為裡面沒有鑰匙這種方便的道具。

接著原本認為只是裝飾，只是報廢車物件的Baja Bug——開始做出「等等，不是這樣喲」的主張。

起動裝置發出「啾嚕嘰嚕啾嚕哩」的聲音，車體後方的空冷水平對臥四缸引擎則開始發出「啪啦啪啦啪啦」的清脆聲音。

引擎也跟著噴出大量看起來不太妙的黑煙，不過M完全不在意。只要能跑，其他都不重要。

「好了，上來吧。」

相當簡短的命令。安娜則反問：

「槍呢？」

M的回答很簡單。

「倉庫欄。」

「…………」

接下來要在完全沒有武器的情況下進行遊戲嗎，安娜雖然感到相當傻眼，但現在不是能討價還價的情況。

時間剛過十三點三十八分。

再過不到兩分鐘掃描就要開始，有許多敵人將會朝著背負SHINC招牌的自己進逼，說不定那些自爆的傢伙也會過來。

在左手的操縱下，把德拉古諾夫狙擊槍與右腰的Strizh手槍全都收回的安娜，隨即準備坐到副駕駛座上……

「好窄！」

上下全都架滿鐵管的車內讓她感到相當傷腦筋。

怎麼會有這麼狹窄的車子。設計上完全沒有考量到乘客。

萌在現實世界最頻繁搭乘的汽車——由父親擁有並駕駛的SUV「LEXUS LX」，皮革座椅與內裝都相當豪華，而且車內寬敞又舒適，真想擷取該車所有的優點來灌注到這輛車上。從油箱灌進去就可以了嗎？

回到現實世界之後，要好好地謝謝讓自己搭乘舒適車輛的爸爸。

只不過……

「爸爸，這輛車可以輕鬆容納下德拉古諾夫狙擊槍呢！」

還是別跟他說這種話吧。

「好痛！」

安娜在腳與膝蓋撞上鐵管的情況下好不容易把身體擠進去，然後坐到堅硬的座位上。

車內原本就相當狹窄，而安娜又絕對算不上矮，所以M巨大身軀的右臂與她的左臂幾乎是靠在一起。

如果是兩情相悅的男女之間的約會，那麼氣氛應該會很熱絡吧，但現在不是這種狀況而且也沒有這種心情。

「繫上賽車安全帶吧。拉到肩膀與腰的位置，然後在肚臍處把金屬帶扣插進去扣緊。要解開時就扭動拉桿。」

自己已經牢牢扣好安全帶的M對安娜這麼說道。

安娜了解了。

要自己扣上安全帶並不是因為不扣上的話會被警察開罰單……

「了解……」

而是接下來M的駕駛絕對會需要安全帶。

安娜依照指示把垂在雙肩上的兩條以及腰部左右的兩條寬厚安全帶拉到身體前方，然後插到圓形的金屬扣裡面。

現實世界應該需要按照體格來調整安全帶吧，但因為GGO是遊戲，所以這樣就能牢牢固定住身體。

說好聽點是身體與安全帶有一體化的感覺。講難聽點就是像刑具一樣，讓人無處可逃。

「好了。」

確認過安娜身上安全帶的M用力踩下油門。

啪啦嗯啪啊啊啊啊啊啊嗯！

引擎聲變得相當尖銳。也就是所謂的「空轉」。

M並不是想做出以引擎來對周圍發出噪音的惡劣行為。

是在出發前檢查踩下油門踏板後引擎是否確實有所反應，也就是轉數是否能流暢地上升。

不這麼做就貿然發車的話，可能馬上就會出現在路中間熄火這種讓人皺眉的狀況。

安娜的太陽眼鏡映照著M的身影……

「那個……可以的話……請安全駕駛……」

M的左腳用力踩下離合器，右手喀咚一聲打著排檔桿……

「抱歉了。先跟妳說聲對不起。」

「咿咿！」

接著右腳磅一聲踩下油門，再粗暴地放開離合器。

咕嘎鏘。

Baja Bug把剩下來的窗戶玻璃、窗框等全部粉碎，同時從大樓的一樓衝到大馬路上。

然後方向盤急速往左打。

加長的懸吊系統猛力下沉，車體同時豪邁地往右傾斜……

「呀啊啊啊啊啊啊啊！」

副駕駛座的安娜認為這樣絕對會翻車，而這也誘使她再次發出悲鳴。

沒有翻車而順利朝左九十度轉彎的Baja Bug，開始在直線道路上急奔。目標是南方。

在霧裡明明完全看不到前面，M卻直接打了二檔。

然後開了好一陣子——也就是讓引擎提升到高轉數後繼續升檔。M毫不留情地踩下油門，不斷地提升速度。

最後一來到四檔就稍微放開油門維持定速，不過這個時候時速已經到達80公里。由於沒有儀表，所以是體感速度就是了。

視界因為濃霧的關係只有20到30公尺。如果前方有些什麼的話，這樣的速度絕對無法停下來。

「這……這樣沒有問題嗎！前面有什麼的話會撞上去的！」

面對恢復成尊敬語氣的安娜……

「嗯，大概沒問題吧。」

M輕鬆地這麼回答。

「為什麼呢？」

「剛才這條大路上就沒有任何東西吧？」

「啊！的確是這樣……」

安娜開始在這條路上奔跑，以及得到M的幫忙後，大路上都沒有廢棄車輛等障礙物。甚至連大樓的碎片都沒有。

由於道路一直很寬敞，也沒有任何障礙物，當然也就沒有能夠擋子彈的掩蔽物，因此安娜只能一直跑下去。

M淡淡地表示：

「既然出現濃霧，要是再有行駛時撞到將會死亡的障礙物那就太惡劣了。我賭遊戲設計師這時也懂得看狀況，會把道路清空才對。」

雖然安娜不知道，不過這是剛才M低頭看著道路時所注意到的事情。於是她呢喃了一句「原來如此」。

「…………」

如果是這樣就好了。不對，請務必要是這樣。

心裡這麼想的安娜保持著沉默。

由於前面因為霧氣而看不清楚，所以M就倚賴駕駛座旁能看見的大樓側面，保持適當的距離讓車子筆直地前進。

由於道路相當平坦，所以車子沒有晃動得太厲害。

或許是行駛越野道路用，動起來相當柔軟的長形阻尼器帶來的恩惠，給人整個車體飄浮在高處一般的不可思議行駛感覺。

「好，時間馬上要到了。妳看掃描吧。希望能告訴我，我們的位置在地圖的什麼地方。」

「了……了解！」

十三點四十分到了。

安娜將衛星掃描接收器——雖然因為安全帶而有點不知所措，不過好不容易從裝備背心的胸前口袋裡把它取出來。打開開關後看著畫面。

掃描開始了。

觸碰之下顯示ＳＨＩＮＣ的光點位置就是安娜。因為現在正以猛烈的速度南下，所以光點也在移動。

周圍的敵人應該也知道這件事，但沒有車子的話就追不上來。

然後目前的地點是……

「地圖的右上區域，從中央附近偏下南下中！再2公里左右就是地圖的中央線！」

「嗯，很棒的報告。蓮沒事吧？」

「在左下！」

「夠了。我怕會掉落，先把機器收起來吧。那麼，接下來才是重頭戲。」

M說的話——

一點都沒錯！

一個傢伙像要表示這一點般出現了。

不對，應該說一輛車出現了。

飛奔的Baja Bug來到跟另一條規模同樣大的路相交的巨大十字路口，下個瞬間——

從右側迅速衝出一輛車子。

副駕駛座的安娜看得很清楚……

「右邊有車！」

於是立刻報告。

M也稍微瞄了那邊一眼。

衝出來的是銀色轎跑車。車頭有四個圓形大燈，中央的護柵掛著一個馬匹奔跑的圖騰。

對方應該也發現我們了吧。這時方向盤已經往右打，車體開始傾斜了。

幸好時機上已經來不及撞過來了。那輛車的後輪猛烈地滑行，在十字路口右彎，開始從Baja Bug後面追上來。

M在剛才的一瞬間辨認出車種。

「那不是『福特野馬』的初代款式嗎？這可是歷史的名車。在ＧＧＯ還是首次看到。ＳＪ特別道具嗎？真想坐坐看。」

M很開心般這麼說著……

「還有這種閒情逸致！自爆的傢伙可能就在那輛車上喔！」

透過後照鏡看著銀色車輛的安娜以悲痛的叫聲接著這麼說道。

兩輛車子經過二點五秒左右的飆車時間。最後形成野馬從Baja Bug的後方二十公尺追上來的狀況。

「不，他們不在那輛車上。」

「你怎麼知道？」

「因為在那上面的話，早就爆炸了。這樣的距離已經足夠。我們已經死了。」

「…………」

嗯，的確如此。

安娜這麼想的瞬間……

喀鏘。

野馬的駕駛員緊急加速，以貴重的車輛撞了上來。

外表雖然暗沉，但野馬沒有任何凹陷的漂亮車體撞凹了一個大洞。大燈也破了一個。

那是來自正後方的無情追撞。Baja Bug猛烈地前後搖晃。

M不停修正方向盤來確保前進方向。

「看來是對方比較快。真不愧是跑車。」

「還有這種閒情逸致！」

「不過撞得太沒技巧了。追撞是沒辦法讓車子停下來的。想要阻止前面的車子，要像推的那樣從後部的左邊或右邊撞上來。這樣對方不是打橫就是旋轉。這是美國警察經常用的技巧，在GGO也能使用，希望妳能記住。」

「還有這種閒情逸致！」

安娜心裡這麼想。

老實說今後不想搭乘M駕駛的車子了。

啪啦啦啦啦啦啦。

接著從後方傳來這種輕快的槍聲……

鏗鏗鏗。

以及Baja Bug的車體被子彈擊中的清脆聲響。

「中彈了！」

「唔嗯，被打中了嗎？」

「沒有！」

雖然是有點難懂的對話，不過兩人都聽得懂對方的意思。

翻譯出來……

「我清楚地看到這輛車被子彈擊中了。M先生。」

「這樣啊安娜小姐。對了，我這邊是沒事，不過妳沒有被剛才那陣槍擊打中吧？我很擔心妳是不是受傷了。」

「您真是好心，我太感動了。幸好我確認過沒有這種狀況了。」

就是這樣的意思。

安娜與M藉由雖然破爛還是連在車上的照後鏡看見大約在二十公尺後方的野馬。

駕駛座上當然有人影，不過副駕駛座上也能看到人。對方正從那裡探出身子，把槍口朝向這邊。那是H&K公司製造的「ＭＰ５Ａ４」衝鋒槍。

而那個人現在又開槍了。

M稍微轉動方向盤來閃躲攻擊。沒有傳出中彈的聲音。

「坐了兩個人。當然不是我們的伙伴吧？」

「怎……怎麼辦？」

「被來到旁邊的話就糟了。不知道能否逃得掉。」

M稍微動了一下方向盤，把Baja Bug靠向人路左邊。幾乎快要碰到略高的步道。

這是為了不讓野馬進入自己的左側。副駕駛座是在右側，也是為了不被在那裡的男人擊中。

之後M立刻降了一檔，然後把油門踩到底，Baja Bug在車體後傾的情況下猛力加速。

車體後部的引擎發出至今為止最大的吼聲，聽起來幾乎像是悲鳴。已經快來到「沒辦法再提升轉數」的紅色警戒區域。甚至可能已經進入警戒區了。

「咿咿咿！」

安娜的臉開始抽搐。雖然真的撞到的時候這麼做根本沒有意義，但她還是用力握緊安全帶。

M在三檔將轉數催到極限後，把排檔桿打到四檔。

這個時候，M已經踩著油門——也就是已經把油門踩到最底了，Baja Bug的速度就保持在體感時速100公里左右。

看來這已經是作為道具最快的速度了。

然後這不是應該在濃霧裡催出的速度。就算沒有濃霧，也不應該在城市裡以這樣的速度行駛。

原本以為這樣就能逃掉……

「還是沒辦法嗎？」

野馬也從正後方保持一定的距離跟了上來。由於它是能發揮出更快速度的車子，目前這樣應該是難不倒它。之所以待在正後方，是在警戒出現障礙物的情況吧。

安娜感到很傻眼。打從心裡感到受不了。

剛才賭了不會出現障礙物，但這條道路要是碰巧是丁字路，盡頭其實是一棟堅固的大樓該怎麼辦呢，M和野馬的駕駛員，你們想過這種情況嗎？

下一個瞬間。

「啊！」

安娜看見了。

擋風玻璃外的正前方，從濃霧裡出現一個人。

真的只能看到一瞬間，不過那並非小隊成員，也不是熟悉的ＬＰＦＭ的成員。看起來也不像是其他強隊的人。

然後才剛覺得看見時，對方就消失了。

因為隨著「咚」一聲，被Baja Bug車頭的鐵管保險桿給撞飛出去了。

男人的身體從頭上方消失。

「咦？啊……剛才的……」

M對安娜發出的聲音做出反應。

「嗯，撞到人了。沒什麼，雖然只有一瞬間，但我看得很清楚。不是我們的同伴，所以放心吧。就算是同伴，蓮的話或許能跳起來避開。」

「…………」

雖然不清楚是哪支小隊的哪個人，不過看來有人很倒楣。

因為是在遊戲裡，請原諒我們吧。

安娜在內心如此呢喃。

M以後照鏡看了一下後面，發現野馬還是牢牢地跟著……

「還是跟過來了。剛才撞飛的男人如果能撞到他們就好了。」

竟然隨口就說出如此危險的發言。當然指的是在遊戲裡發生的事。

看來野馬上的兩個人判斷射擊與碰撞都沒用而且危險，所以切換成不勉強行事的戰鬥方式了。

也就是打算就這樣保持適當距離，持續從後面跟著，不讓我方逃走的作戰。跟強行發動攻擊的對手比起來，這樣反而更加棘手。

兩台車又繼續急奔了十秒鐘後……

「再一下就到地圖的南北中間線了。」

由於儀表板的儀表全壞了，只能用體感來測量行駛距離的M這麼說道。

「前面不知道有些什麼喔？嗯，只能誠心祈禱是能順利穿越的地形了。」

看來他是不打算放慢速度，準備直接就這樣通過。

安娜的臉開始抽搐。

「如……如果是荒野之類的呢？」

「那很不錯。只要不撞上散布的岩石就沒問題。就這樣繼續行駛，逃到燃料用盡為止吧。如果是住宅區，至少也會有道路吧。河川的話就直接衝進去然後游泳。最糟糕的是森林吧，撞上巨樹的話一定會沒命。」

聽見M平靜中帶點喜悅的聲音，安娜心裡這麼想著。

今後絕對不想搭乘M開的車子。

逃走的Baja Bug與追趕的野馬，就這樣奔馳過大樓之間。

這時有一名玩家站在大路左側的人行道上。

「嗚——」

安娜聽見M的聲音混雜在類似悲鳴的引擎聲之中。

那是至今為止從未聽過的，緊張且苦澀的聲音。

「怎麼了？」

面對安娜的提問……

「準備承受衝擊。兩個人都能夠活下來就太好了。祈求能有這樣的幸運。」

M這樣回答。

「咦？啊啊……」

安娜一邊反問一邊理解是怎麼回事了。

自己剛才只有一瞬間瞄到，無法分辨其外表特徵的玩家，M知道他是什麼人。

那是DOOM的其中一名成員。

看見吵雜地高速通過自己所站步道旁的兩輛車子……

「哪一台是SHINC呢！」

他很開心地這麼大叫，同時拉下身上隨處可見的其中一條繩子。

「兩台一起轟飛吧！」

他自爆了。

SJ5第二次的大爆炸，產生了跟第一次差不多的威力。

不同的是，爆炸的地點是在大樓之間。

產生的衝擊必然會用力擊打左右兩邊的大樓，雖然大樓由鋼筋水泥構成的頑強軀體最後還是會粉碎，但還是做出了最後的抵抗。

也就是反射了爆炸的威力。

大樓所反射出來的衝擊又受到其他大樓的反射。然後就這樣層層堆積，像是要逃走般朝著空間開闊的方向而去。

也就是朝著大馬路上面前進。

安娜看到了。

Baja Bug的照後鏡一瞬間變成橘色。

簡直就像在夕陽中兜風，即將下山的太陽無聲進入照後鏡般，充滿羅曼蒂克氣息的一瞬間。

實際上是——

跟羅曼蒂克完全相反的，充滿破壞氣息的瞬間。

橘色的光消失，一瞬間後衝擊襲來。

爆炸的衝擊波像是信手拈來般，輕鬆追趕以時速100公里奔馳著的汽車，追上後直接發動襲擊。

就算道路相當寬廣，空間仍算是狹窄，穿過該處的衝擊經過大樓的反射後會受到多少強化呢——

只有驅動GGO系統的電腦才能知道這一點。

總之「大到難以形容的衝擊波」先是襲擊了跑在後面的野馬。

輕輕抬起車子的後部，抬起的瞬間四角扁平的車體底面變得受到更多的壓力，一瞬間就被捲起來而整個翻車了。

直向橫向打滾了好幾次後，野馬就像被秋風捲起的枯葉一樣飛上天空。

「嗚呀！」

坐在駕駛座上握著細細方向盤的男人……

「噗哈！」

以及副駕駛座上以ＭＰ５Ａ４開火的男人，在強大離心力的引導下，從打開的車窗流暢地被拋到車外。

而且是從高30公尺左右的空中。

比車子還要輕的兩個人繼續受到衝擊波的擺弄——

駕駛猛烈撞上左側大樓的牆壁，在該處獲得立即死亡的判定。

另一個人衝入碎成一片片的玻璃當中，身體被巨大碎片之一一刀兩斷，同樣從ＳＪ５的戰場裡退場了。

貴重的野馬像是被隨手丟掉的錫箔紙一樣在空中飛舞，從車頂撞上大樓的柱子，在該處塌陷並且捲成一團。

Ｍ要是看見了，應該會為了名車的下場發出嘆息吧，不過他當然沒有這種閒情逸致。

咚！

猛烈的聲音才剛在Baja Bug的車內迴盪，M與安娜兩個人就嘗到浮游感。

衝擊波讓Baja Bug像是被踢飛的空罐子一樣飄在空中。有種車子突然變成火箭一樣斜向被發射出去的感覺。

然後要再加上直向旋轉，在不停打轉的情況下，圓圓的嬌小車體畫出大大的拋物線。

車子裡面……

「咕！」

M的呻吟聲……

「呀啊啊啊啊啊啊啊啊啊啊啊啊啊啊啊啊啊啊啊！」

與安娜符合女性身分的悲鳴重疊在一起。

兩個人已經沒有任何辦法。只能跟車輛一起被吹飛——

「冷靜下來安娜。我們繫著安全帶，就算掉下去也還可能得救。」

「呀啊啊啊啊啊啊啊啊啊啊！」

外面雖然響著宛如暴風般的巨大聲響，不過透過通訊道具的聲音還是確實傳到彼此的耳朵裡面。

「太過驚慌的話，AmuSphere會強制斷線喔。」

「呀啊啊啊啊啊啊啊啊啊啊啊啊！」

「…………」

Baja Bug被轟落到大地上的幾秒鐘前，M突然丟出一句話。

「神崎艾莎的下一首歌是能哭的情歌。」

「咦？真的嗎？真令人期待！」

「準備承受衝擊。」

咚！

旋轉著的Baja Bug落地時，車體在偶然的情況下朝向前進方向，輪胎剛好在下方。

但也不可能像動作電影那樣平安無事地著地。

咕啪鏘嗯！

懸吊系統吸收著衝擊，但是當然無法完全回收落下的力道，從連結車體的部分開始飛出去。

四個輪胎同時在一瞬間破裂，輪框就像是發條玩具般各自往外側彈飛。

著地同時失去四隻腳的車體，以稍微減弱但依然猛烈的速度接地。

「咕嘎！」

「呀！」

M與安娜承受強烈的直向重力，被系統判定為受到傷害。或許是背脊被判定為骨折了吧，兩人的ＨＰ一口氣減少了四成。

不過，如果沒有輪胎與懸吊系統遭到破壞所吸收的衝擊，比如說顛倒過來從車頂落地的話，裡面的兩個人應該立刻就死亡了吧。

然後著地的車體——反彈起來。

只剩下車身的Baja Bug一邊往前傾一邊翻面，接著彈起足有五公尺左右的高度後又繼續前進。

在拋物線的頂點終於失去平衡而打橫，從再次的落下進入再次著地。

這次變成豪邁地高速側翻，然後在這片土地上前進。

在泛紅的天空之下，堆積得相當結實的雪原上。

側翻了十七次後，原本還要再滾一圈卻沒能完成，重重地跌回原本的角度才終於停下——

Baja Bug這時已經不是一輛車了。

而是像殘留一些車子般金屬板的鐵管製粗糙籠子。

沒有車門也沒有車頂，引擎等零件像是打從一開始就沒有安裝一樣。

車子的零件沿著一路移動到這裡的路線呈廣範圍散落在雪原上。

這時籠子的上下跟在行駛時完全相反。

裡面有兩個固定住的座位，而兩個座位上又有兩個用安全帶固定住的人。

M在虛擬世界感受著血液往頭上流的感覺……

「安娜……妳還活著嗎……？」

由於不停被甩動的脖子還很痛，所以M沒辦法看向旁邊直接這麼問道……

「不，我已經死了。光是有記憶的，我就死了三次左右。現在的我是幽靈。我自己都這麼說了，不會錯的。」

聽見了口氣堅定，然後不知道在說些什麼的回答。

M他……

「痛痛痛……」

動著像是落枕一百次般的脖子看向右側，該處有不知道是死是活，茫然張開嘴巴的金髮美女的側臉。

針織帽飛了出去，長長的金髮無力地垂下來。

但是太陽眼鏡還是好好地戴在臉上。

「還不要解開安全帶。妳看好我現在進行的方法。」

Ｍ一邊這麼說一邊開始實際演練從顛倒過來的車輛——Baja Bug已經不算車輛，總之就是脫離顛倒狀態的正確方法。

首先用慣用的右手握住頭部下方天花板，這時候是鐵管然後用力，雙腳也同樣用力踏穩。

然後才用左手解開金屬扣。

解開的瞬間體重就會往下，主要是加諸於右手上，所以要一邊用手腳的力量撐住，一邊迅速將左手拉回來輔助，防止身體的跌落。

什麼都不做就解開安全帶的話會從頭部落下，最糟的情況可能會導致脖子骨折。這是絕對得避開的情況。

然後Ｍ就從鳥籠裡爬出來，滾落在白色堅硬的雪原上。忍受著暈眩的腦袋站起身子，繞往安娜的方向後……

「失禮了。」

一邊支撐著她顛倒過來的身體一邊幫忙她脫離鳥籠。

費了一番工夫後，安娜終於來到車子外面。

來到鐵管鳥籠外面後，兩個人就靠在它上面。

然後動起手臂，各自在身體上施打自己的急救治療套件。ＨＰ開始慢慢地回復。

接著就看見了壯觀的景色。

「哦哦……太厲害了……」

「感覺……天空和城市都好漂亮……」

M與安娜的眼裡看見紅中帶藍的天空。

爆炸的爆風把周圍以及上空的霧氣都吹走了。

那片天空底下，可以看清楚地看見剛才自己所在的地圖東北部廢棄都市區域。

現實世界不可能見到的風景就這樣展現在M與安娜的眼前。

到剛才為止都還以巨軀為傲的大樓，這時有一半已經崩塌。變成了名符其實的瓦礫山。

其周圍還有目前仍揚起土塵正在崩壞當中的大樓。崩塌的「轟轟轟轟轟轟」地鳴聲也傳遞到腳邊。

那場爆炸把附近數十棟廢棄大樓轟飛，甚至改變了周圍的地形。大路完全被封鎖住了。必須重新繪製地圖才行了。

都市部上空冒出巨大的香菇雲。簡直就像吸取所有大樓的營養後長出的超巨大香菇。

兩人目前所在的雪原，就像是從都市部分直接用線分隔開來般突然出現。

極為醒目的境界線，看起來就像把地圖檔案重新貼上去一樣。也像是製作地圖的人覺得麻煩而直接複製貼上檔案一樣。

這條境界線應該是地圖的南北中央線吧。
兩人目前在距離境界線５００公尺左右的南方。也就是說被吹飛並且一路滾到這個地方來了。
爆炸的瞬間也因為濃霧而無法看見。被吹飛的期間當然就更不用說了，不過似乎是在幾乎快穿越都市區的瞬間爆炸。
雪原周圍的霧也消散，露出一望無際的平坦地形。
M回過頭去。雖然實在無法看見地平線，不過數百公尺前方可以看到雪白景色……
「唔！」
M發出沉吟聲。
因為可以看到該處有幾個芝麻般的黑點。而且不只有雪原，都市區的深處、與雪原之間的境界線也能看到小小的黑點在動。
「很遺憾，沒有好好休息的時間了。」
「咦？」
風開始吹了。
強風開始吹向香菇的根部，把遠方的霧氣聚集過來。
雪原的周圍以及巨大大樓群都逐漸看不見了。

「我在周圍看到十幾個人。在雪原戰場不動的玩家們，發現我們後開始逼近了。」

「咦咦咦咦！」

安娜也注意到事態的緊急，或者可以說嚴重性了。

M揮動左手操縱倉庫欄。安娜也立刻跟著開始。

M與安娜取回武裝。光粒逐漸形成槍械以及防具。

「怎……怎麼辦？」

HP只剩下一半左右的安娜這麼詢問……

「想活下來就只能戰鬥了。」

剩下大概六成的M如此回答。

「不能逃走嗎？」

「也有人從都市區過來。已經被包圍了。」

「啊啊……老大。看來我作為誘餌的任務只能到這裡了……」

「現在放棄還太早了。」

M從背部放下才剛剛實體化的背包。打開之後把它倒過來，裡面的物品紛紛掉落。

那是在至今為止的SJ裡極為活躍，數次解救了M與隊友性命的防彈板。或者可以說盾牌。

M迅速解開連結部分並且表示：

「讓死亡的車輛再活躍一陣子吧。把這個貼在鐵管框架上當成我們的防禦陣地。」

「不會吧……」

M把防彈板拆開了。

一片的尺寸大概是50公分，寬大約30公分。然後總共有八片，所以應該能擋住不少區域才對。

只不過，對方要是用全自動模式瘋狂開火的話，應該就會有子彈從縫隙間飛進來吧。

「幸好我們是能以半自動模式連射的狙擊手。在這裡只要一看到敵人就開火迎擊。做好心理準備吧。」

「…………」

「還是要拋下同伴投降呢？」

安娜沒有開口回答。

只是用手拿起實體化的德拉古諾夫狙擊槍，拉下槍機拉柄把首發子彈送進膛室。

SECT.9

第九章　會合·其之2

十三點四十五分。

獨自以滑雪板在雪原奔馳的夏莉辨識到激烈的戰鬥聲。

是從自己目前前進方向的右前方傳過來。

由於夏莉已經在雪原的各地跑過一圈，所以僅限雪原的話，已經開了不少的地圖。

靠著地圖檔案，她大致上理解整個區域以及方位。

目前滑雪板前往的大致上是北北西方向，而傳來槍聲的是……

「幾乎是北邊。怎麼辦呢……」

夏莉感到猶豫。

槍聲是從數百公尺，或者更遠的1公里左右的地方斷斷續續傳過來。

雖然不是很清晰，但不是一兩個人就能發出那樣的噪音。

「因為剛才的爆炸而有所行動嗎……」

可以確認剛才DOOM——今天似乎是登錄了「BOKR」這個名稱，這支自爆小隊的其中一員爆炸了。看了一下時間發現是十三點四十一分左右。

那個時候，北側的天空之所以有數十秒看起來特別明亮，應該是因為爆炸把濃霧吹走了吧。不過現在已經恢復原狀。

大概是那個時候互相得知對方的所在地吧。這是今天首次聽見如此劇烈的槍戰聲。應該有十個人以上才對。

「這樣的話……」

如果那裡有許多專心於戰鬥的傢伙……

「就從背後偷襲吧。」

悄悄地從後面摸過去，毫不留情地屠殺。

夏莉以滑雪板快速移動。

一分鐘後。

夏莉她……

「這些傢伙是怎麼回事。射擊練習用的靶子嗎？」

輕輕鬆鬆就射穿了敵人。

夏莉在霧裡慎重地前進後，就聽到了槍聲並且看見砲口火焰。由於對方正朝反方向開火，所以完全沒有注意到這邊。

濃霧隨著時間經過慢慢變淡，大概可以看見30公尺左右的前方。夏莉在這個距離停下腳步，先確認一下周圍。然後架起R93戰術2型狙擊步槍並扣下扳機。

趴著開槍的男人脖子被開花彈擊中，隨即因此死亡。完全搞不懂自己是為何而死。

又過三十秒後。

「就說了要稍微警戒後方……」

夏莉以想對受害者說教的心情屠殺了第二個人。

他也同樣對著霧氣前方能看到的東西開著槍。

從男人的位置應該能看見，但從夏莉的位置就只能看到朦朧的黑色塊狀物，只知道是某樣比人類大上許多的東西。

然後由於該處經常有砲口火焰亮起，所以應該是有人在應戰吧。

「車子嗎……？」

夏莉透過瞄準鏡來窺看還是分辨不出來。她不會射擊搞不清楚是什麼的東西。

不過，如果是車子的話，沒有動靜就讓人感到在意了。應該是一路開到這裡來的才對。

難道是輪胎被射穿了嗎？或者是沒油了。

又過一分鐘後。

「開始覺得無聊了……」

夏莉又連續幹掉兩個人。

移動著準備從遠方繞到看不清楚是什麼的黑色物體後面，結果該處有兩個男人，從服裝不同來看，兩個人應該不是隊友。

拉開3公尺左右的距離，趁其中一個人趴著以機關槍開火時逼近另外一個人。

砰、鏘鏗、砰。

這是夏莉射擊後裝填子彈然後再次射擊的聲音。

然後世界變得安靜。那兩個人似乎是最後的生存者。

在槍戰結束突然變得安靜的空氣中，夏莉先是趴在地上，然後在意起前方的黑色塊狀物。

如果有人在那裡的話，想順便把他幹掉。

雖然想靠近到能夠看得見的距離，但是雪原上沒有遮蔽物。就算匍匐前進，只要對方稍微能夠看見，就會毫不留情地開火吧。

「啊，不是有嘛。」

夏莉注意到了。

能夠保護自己身體免於被子彈擊中的遮蔽物，就滾落在眼前20公尺左右的地點。而且還有兩個。

夏莉先把雙腳上的滑雪板與手上的雪杖收到倉庫欄裡。

相對地，把實體化的冰爪安裝到腳上。冰爪主要是在攀登雪山時使用的，上面裝了好幾根尖爪的防滑金屬工具。

夏莉讓男人的屍體擋住自己，然後一路匍匐前進到屍體旁邊。這時她來到亮起「Dead」標籤的男人屍體前面。車輛的影子也變得相當濃了。

夏莉把R93戰術2型狙擊步槍放到屍體上面，然後……

預備……

再來就是比拚體力了。

讓雙腳的冰爪插入雪原裡，靠著蠻力用匍匐前進來推動屍體。

屍體雖然是再也無法破壞的「不可破壞物件」，但並非無法從現場移動。因為不然要是有人在自己頭上死亡的話，底下的人在屍體消失前的十分鐘裡就完全無法動彈了。

堆積得相當結實的雪原摩擦係數相當低，每當夏莉的冰爪踢飛白雪，屍體也會跟著流暢地往前滑行。強力的O型腿現在在雪原登場了。

隨著逐漸前進，車輛的模樣也變得清晰。

那不能算是一輛車。

而是只在鐵管框架上加裝了防彈板的，未曾在GGO裡看過或者聽過的謎樣物體。

夏莉接著窺看瞄準鏡，結果在裡面……

「什麼嘛，是同伴嗎？而且是不需要開槍的。」

看到了M與安娜的身影。

兩個人身體上都亮著中彈特效，在淡淡的霧氣中顯得莫名美麗。外表看起來就像閃著華麗LED燈的電競用筆電。

「虧他們能活下來耶。」

夏莉這麼呢喃。

＊　＊　＊

「我還以為死定了。」

「我也是……」

「要跟妳道謝，夏莉。」

「我也是……」

「夠了你們走快點。不然真的會死喔。」

以穿戴滑雪板的夏莉為首，依照安娜、M這樣的順序排成直列。三個人正從霧裡的雪原往南前進。

時間是十三點五十三分。

四分鐘前左右的事情。

確認周圍沒有敵人後，夏莉就大聲對著M搭話。表示這裡有伙伴。

然後M就說「妳到這裡來吧」。

說了句「真拿你沒辦法」的夏莉站起身子走過去後，就在原本是車子防滾架的鐵籠子裡，發現身軀龐大的M與身材不算小的安娜擠在裡面。

鐵籠周圍用牛皮膠布黏著M作為盾牌的防彈板……

「抱歉。因為亂貼一通還有全身被擊中而麻痺，現在沒辦法從裡面出去。」

M又說出這種丟臉的發言。

夏莉仔細一看之下，周圍散布著許多「Dead」標籤。尤其是北側特別多，大概有十個左右吧？

也就是說，那些是M以狙擊所屠殺的敵人。真虧他能幹掉這麼多人。

安娜似乎也殺掉不少人，夏莉沒有經過的方位，果然也有幾個人的屍體。

原來如此，在此構築陣地，利用防彈板保護，即使被從縫隙飛進來的子彈無情地擊中，兩個人還是相當拚命。

話說回來，明明身體上許多地方都中彈了，虧他們還能存活。因為是身體的末端，所以不至於成為致命傷吧。

夏莉用鉈刀把牛皮膠布全部砍掉，這下了M他們終於重獲自由了。

M的HP顯示在夏莉的視界當中。HP條相當短，剩下不到一成。而且已經施打過急救治療套件，進入回復模式當中了。

「還活著……」

茫然緊抱著德拉古諾夫狙擊槍的安娜應該也是同樣的情況吧。

一看之下，籠子的裡外都丟棄了大量安娜的德拉古諾夫狙擊槍10連發空彈匣與M的M14·EBR的20連發空彈匣。

應該有些是用來牽制，不過他們究竟開了多少槍？剛才夏莉聽見的槍聲，應該有一半以上是M與安娜發出的吧。

然後兩個人應該幾乎快把手邊的彈匣用光了吧？沒有彈藥復活的話，他們幾乎就喪失戰鬥能力了。

「快要掃描了。要在這裡看嗎？」

夏莉這麼問，把盾牌收回背包裡的M立刻回答：

「嗯。但看完之後不立刻移動的話會很危險。」

「為什麼？」

「因為安娜是ＳＨＩＮＣ的隊長。敵人會殺到這裡。自爆隊伍改變名稱參賽，他們還有四個人。我們剛才就是因為爆炸而連人帶車被從都市區吹飛到這裡。」

「原來如此……」

就這樣，看過五十分的掃描後，三個人就持續南下。

在雪原裡前進時……

「通訊道具不用連線嗎？」

最後面的M這麼問道。夏莉在剛才M提案時隨口拒絕了他。

「這樣就能聽見了。而且我現在也以Pitohui為目標。ＳＪ５各自分開來進行遊戲，就像是為了我而存在的特殊規則。讓你們兩個人安全逃到南方後，我就要翹頭了。」

「這樣啊。隨妳高興吧。」

這時安娜……

「為什麼南方是安全的？」

提出這樣的問題，夏莉則像感到理所當然般回答：

「因為ＳＪ開始後一直到剛才，幾乎所有待在雪原裡的玩家都被我幹掉了。裡面也有揹著巨大背包的自爆傢伙。唉唷放心吧。我沒看到ＳＨＩＮＣ的成員。應該是好好地逃到其他區域去了吧。」

「原來如此……」

「南下３公里左右，立刻往西走。運氣好的話，應該能跟蓮會合吧。」

就這樣，三個人不斷地往南方前進。

雖然沒辦法看到這種情況——

但是唯一有一名玩家聽到這些內容。

＊　＊　＊

十三點五十分。

有三個人擠在狹窄的地下室裡觀看第五次的掃描。
她們是蓮、不可次郎與老大。
根據掃描的情報，能知道還有二十五支隊伍。
這時候到處都發生過戰鬥，出現了五支六個人全部陣亡的隊伍。
「甚至還沒完成會合……真可憐……」
「蓮啊，同情敵人是妳的壞習慣。這時候應該老實地感到開心吧。」
「嗯，是沒錯啦。」
MMTM、ZEMAL以及SHINC當然都還存活。
MMTM是從起始地點的地圖左上稍微往中央靠近，目前仍待在那個區域。
這只是猜測，那裡應該是不缺躲藏地點的戰場吧。從大衛那裡繼承隊長符號的某個人完全沒有逞強。
ZEMAL在右下的角落。真的是最邊緣的角落。他們也同樣沒有任何動靜。
「這是那個——」
不可次郎注意到了。
「因為待在戰場邊緣，所以敵人只會從正面過來。也就是不用在意背後可以盡情射擊的戰術。」

「原來如此……只要全力射擊前方可以看見的黑影就可以了嗎……」

蓮能夠理解了。

憑他們機槍的火力，加上彈藥還會復活，這種強硬的勝利方式也是選項之一。DOOM的成員似乎沒有為了打倒他們而過去那邊。

再來就是SHINC，或者是說安娜朝南方前進了好一段距離，目前離開戰場右上，待在快要到右下的區域。

「一口氣移動好遠。安娜那個傢伙很努力呢。」

老大咧嘴笑了起來。

實際上這是她至今最努力的一次，不過也好幾次差點就死掉了。

掃描到此結束。

現在蓮所隱藏的地點周圍，至少3公里以內沒有隊長符號。

不過還是必須不厭其煩地強調，這不代表周圍沒有任何敵人。

「快速往東方移動吧！」

蓮剛這麼說完，老大就詢問：

「是可以啦，不過理由呢？」

「因為是太陽升起的方向。別看蓮這樣，她可是向日葵轉生的喲。」

不可次郎似乎說了些什麼，但蓮直接無視。

「為了盡量接近安娜。還有我認為剛才打倒的大量敵人大部分是來自於東邊。所以那邊的人口密度應該變低了才對。」

「了解了。嗯，就算有敵人也開開心心地幹掉他吧。我會站在蓮前面。」

「喂喂，這樣會看不到前面。」

「不可，不是那個意思啦。」

於是三人從地下室走出來。

濃霧再過十分鐘就會完全消散，而且感覺現在也比剛才變淡一些了，但還是只能看見40公尺左右的前方。

打頭陣的是把ＶＳＳ消音狙擊槍調為全自動模式的老大。她負責警戒前方與右邊。

其5公尺後方是拿著附消音器Ｐ９０，身上罩著斗篷的蓮。這時候警戒著前方與左邊。

然後是她3公尺後方，兩手拿著槍榴彈發射器的不可次郎。由於負責殿後，所以持續警戒著後方。

也有蓮跟不可次郎以ＰＭ號前進，然後老大躲在她們後面來防止被子彈擊中的手段——

但這樣的話移動速度會變慢，最重要的是攻擊力會減弱，所以這時候還是決定手拿著愛槍，用自己的腳來前進。

由於是在霧中，所以不會奔跑。老大一邊注意周圍一邊保持快步前進的速度。

在蓮她們剛才大開殺戒而散布著屍體的區域前進，老大小聲地詢問：

「話說回來，不可。虧妳剛才竟然能跟Sinohara聯手耶。感覺妳應該很討厭那群傢伙。」

蓮也在沒有放鬆警戒的情況下使用嘴巴與耳朵。

「對啊對啊。剛才好像說了什麼『同姓的情誼』。」

老大也知道不可次郎在現實世界的身分是篠原美優。所以蓮就毫不顧忌地說了出來。

「噢，其實很簡單啊。在調車場看見用機槍屠殺大量敵人的Sinohara，就覺得他很可靠，所以在不被發現的情況下跟在他後面。」

「M先生明明要妳躲在安全的地方……」

「這是靈機一動喲。」

「是臨機應變吧。」

「也能這麼說。然後哩，機關槍強歸強，那傢伙終究是一個人。當他在射擊敵人時，另一個就準備繞到他身後，結果我就用槍榴彈直接幹掉那個敵人了。」

「原來如此。」

「接著就在濃霧籠罩而看不見的地方大聲對Sinohara搭話，甚至還曝光了我的本名。牽強地表示『大概是沒有血緣的親戚！』後，對方就莫名地表示同意。說了句『這樣啊，既然同為篠原那就沒辦法了』。真是的，我才想知道是哪裡沒辦法呢。」

「妳這傢伙……竟然謀殺了像這樣感到緣分而跟妳聯手的人嗎……」

蓮感到很無言。

不可次郎真的就是不可次郎耶。

「我相信只要跟著那個傢伙，就能獲得解決碧碧的機會，才會做出不惜曝光本名的拚死行動……真是的，只差一點就要得手了啊……喂，蓮。這筆帳要怎麼跟妳算啊？」

不可次郎狠狠瞪著蓮……

「誰理妳。」

蓮立刻這麼回答。

又過了五分鐘。

也就是十三點五十六分。

「蓮在巨木生長的森林裡遇見了野生的Pitohui。」

「不可，別配那種奇怪的旁白。」

住宅區就像用尺量好並且切下來般突然結束，然後蓮等人就在旁邊突然開始的戰場——巨樹森林中前進，結果就與可疑的深藍連身服加上臉上有刺青的女人重逢了。

之所以在霧氣中遭遇還沒有互相開火攻擊，是因為Pitohui先找到她們並開口搭話。

四個人便聚在一起，在巨樹旁邊警戒著四周，然後以連線的通訊道具小聲地對話著。

「還想說一路到這裡都沒遇見敵人……原來是這樣啊。」

老大傻眼地說道。

進入巨樹森林之後沿路有時可以看見躺在地上的屍體。到處都亮著「Dead」的標籤。

每一個人絕對都是死在這個女人手裡。在森林裡亂晃的玩家全都被殺害了。

而Pitohui本人則是以常見的咧嘴笑容，很開心般表示：

「哈囉，大家都平安無事真是太好了。目前為止發生了什麼有趣的事情？我這邊什麼都沒有喔。只是躲在樹洞裡，隨手把隨便靠近的敵人幹掉而已。」

蓮開口回答：

「發生太多事了，真要說的話實在太麻煩。總之不可次郎幹了不得了的好事。之後必須要開反省會。」

「妳說什麼！」

「嗯，詳情等遊戲結束後再說吧。現在就集中精神在戰鬥上。」

「在那之前可以問個問題嗎，Pitohui？」

老大不小心注意到那一點，所以就直說了。她開口詢問Pitohui。

「什麼事呢？」

「從森林開始的話，應該會注意到為了獎金而聯手以蓮她們為目標的隊伍才對。他們應該在濃霧當中發出很大的聲音來呼朋引伴吧。妳發現這件事——卻刻意放過他們吧？」

「啊！」

蓮發出略大的聲音。

除了覺得注意到這件事的老大很了不起外，也對自己竟然遲鈍到沒發現這個事實感到驚訝，最重要的是對Pitohui這樣的行動感到傻眼。就是這樣我們幾個人才會累得半死。

「嗯嗯～？這個嘛，實際的情況到底是如何呢～？」

面對感覺像是要全力裝傻，態度卻又隨便到不行的Pitohui……

「只能說——」

哦？老大要替我生氣了嗎？

要為了蓮而開口斥責Pitohui了嗎？

讚喔老大。快罵她老大。

蓮剛這麼想的瞬間——

「真不愧是Pitohui。這種完全不縱容自己隊友的態度，我也得跟妳看齊才行！」

等一下。

蓮在心中以媲美西部槍手對決的速度吐嘈了老大。

「真不愧是老大！懂得居上位者的心情。」

喂，等一下。不是這樣吧。老大是因為知道妳是神崎艾莎，才會崇拜並且捧妳的吧？

「能得到您的稱讚真是太光榮了。哇哈哈。」

「這哪有什麼啦。哇哈哈。」

好，先不管這兩個人了。

蓮心裡這麼想。然後認為應該說些更有營養的事情。所以便開口詢問：

「接下來該怎麼辦？」

原本笑著的Pitohui以嚴肅的表情說：

「嗯？在這裡等到十四點，然後才做打算吧。」

也算是得到認真的回答。

「嗯……這是最好的選擇吧。」

蓮把白色迷彩斗篷換成了綠色迷彩斗篷。

＊＊＊

十三點五十八分。

「好，我就帶你們到這裡。之後只要一直往西走。」

夏莉在雪原正中央這麼說道。

在現實世界擔任自然導覽員的舞，完全沒想到在GGO裡會說出類似的台詞。

不過現實世界裡從來沒有途中就丟下導覽的工作不管。在北海道這麼做的話，搞不好會害人被棕熊咬死。就算北海道是挑戰自我的大地，也不能真的讓客人實際接受挑戰。

「謝謝妳幫了這麼大的忙。」

HP總算回復到剩下一半，又繼續施打最後一劑急救治療套件，目前正在回復中的M以及……

「太感謝了。」

HP好不容易回復到三成左右，但已經用光急救治療套件，再也沒辦法回復的安娜一邊這麼說，一邊像個日本人一樣深深低下頭來。

「M啊……」

兩個人開始行動後，夏莉就對著男性的背部搭話。

開始行動後才說的通常是最重要的事情，電影裡經常出現這樣的情節，夏莉應該也是看準這樣的效果吧。

「嗯。」

M沒有回頭就做出回應，夏莉則瞪著他的背部，然後笑著對他問道：

「我就是要幹掉Pitohui的人，試著阻止我吧。也想跟你認真地對戰一次看看。」

「知道了。」

M輕輕揮了揮左手。

還是沒有轉頭。

「現在的話，大概能幹掉她喔？」

安娜透過通訊道具小聲地這麼說。

「這樣有違道義。這沒什麼，Pitohui那傢伙也樂在其中。」

「那就好——話又說回來……」

「這是一款遊戲，本來就是用來玩的。不會真的死亡。」

M感慨良多般這麼說道。

由於安娜還記得ＳＪ２時的事情——Pitohui他們竟把自己的生命賭在遊戲裡死亡上的案件……

「確實如此！」

所以這時她就笑著以開朗的口氣這麼回答。

外表雖然看起來是外國金髮美女，但這是很符合其內在，也就是女高中生身分的回答。

「好了，要用跑的嘍。」

「了解！」

夏莉看著兩人像是青春電影的最後一幕般，充滿精神地迅速消失在霧中的模樣……

「還以為會朝我開火……」

同時把手離開掛在胸前的Ｒ９３戰術2型狙擊步槍。

如果其中有哪個人回過頭來把槍口朝向這邊，就先對那名壯漢開火……

「難得在這裡有幹掉M的機會……」

太可惜了。失去機會了。

接著夏莉就對通訊道具搭話。

「嘿，久等了。我們會合吧。」

＊＊＊

最期盼十四點整，也就是濃霧完全消散那一刻的——

並非ＳＪ５的參加者。

「還有十秒！」

是在酒場裡看著實況轉播的數十名玩家。絕對是他們不會錯了。

「九！」

因為他們在這一個小時裡幾乎看不到任何東西。

「八！」

ＳＪ５一開始，酒場裡播放實況影像的各個巨大螢幕全是一片雪白。都是因為濃霧的關係。

有時會亮起槍戰的砲口火焰，之後就看到發光的「Ｄｅａｄ」標籤，但大概只能看到這些東西。

「七！」

觀眾們當然抱怨連連。

像是「搞什麼啊！」或者「馬上退錢！」的聲音此起彼落。不過沒有任何人付了錢就是了。

最後顯示出特殊規則，眾人便認為霧氣會逐漸消散的話就沒辦法了，在那之前就邊喝酒邊等待吧，結果卻一點都沒有變淡。霧一直是那麼濃。

甚至有人覺得實在太過分而氣憤地離開酒場。

「六！」

即使之後到處都發生激烈的戰鬥，鏡頭也沒有特別拉近讓大家觀賞。只看見在霧裡發光的砲口火焰，完全搞不清楚發生了什麼事情。

至少也改用會因為溫度而變換顏色的熱量來源顯示——熱成像鏡頭，結果也沒有這麼做。

SJ2時蓮與不可次郎在叢林使用粉紅煙霧時就轉換成熱成像鏡頭，這次卻沒有動靜。雖然不清楚理由，不過大概是全部都這麼做的話系統上會很麻煩之類的理由吧。

「五！」

所以目前在酒場裡倒數的這些傢伙，正是耐著性子乖乖等了整整一個小時的一群人。

「四！」

他們同時也有覺得奇怪的地方。

也就是為什麼在SJ5裡死亡的傢伙，沒有任何人回到酒場來呢？

「三！」

沒有錯。真的沒有任何人回來。

這是很奇怪的一件事。

至今為止的ＳＪ，死後待機十分鐘的話就會回到酒場。然後一起在酒場裡看實況轉播，跟伙伴們或者觀眾一起談論戰鬥的情形。

雖然也可能是一回到酒場就躲到隊友們所在的包廂裡面，但機率相當低。所有戰死者都這麼做的可能性可以說趨近於零。

即使不知道能不能解開這個謎團，時鐘的指針還是一秒一秒地前進。

「二！」

十三點五十九分五十八秒。終於快到了。

「一！」

十三點五十九分五十九秒。

「零！」

＊＊＊

在ＳＪ５戰場上迎接這個瞬間的玩家們，全都看到了相當雄偉的光景。

靠著手錶或者顯示在視界的時鐘機能來等待著的他們，知道到了十四點整時霧氣將會一口氣散去。

要是依然站在寬敞的戰場上，濃霧消散的下一個瞬間就會遭到遠方的狙擊吧。絕對有一兩名狙擊手會想趁這個瞬間討便宜才對。

所以玩家們都盡量蹲低身子，或者藏身於掩蔽物後面來等待這個瞬間。

然後就看見了。

蓮她們——不可次郎、Pitohui、老大趴在森林裡。

然後到了十四點的瞬間，就看到白色濃霧無聲地逐漸消失。

「哇啊！」

蓮忍不住發出感動的聲音。

那種模樣看起來相當美麗。

因為森林一瞬間取回屬於森林的景色，可以看見遠方連綿不絕的樹木，以及被植物染成一片綠色的大地。

像是魔法一樣的瞬間。

M跟安娜也看到了同樣的光景。

因為他們好不容易走過雪原，進入了突然開始的森林當中。兩人隔著一棵大樹趴在地上，安娜抬起頭來著迷地看著這種模樣好一陣子。

M則是確實地盯著衛星掃描接收器看。

「啊啊——」

夏莉在雪原以伏地狀態看著這一幕。

自己周圍的視界突然變得開闊，三秒鐘後一直到遠方都能夠看得一清二楚。

也能看見作為目標的一大片森林就在西邊距離自己數百公尺的位置。

她接著便咒罵了一句：

「嘖！時間到了嗎！」

「唔喔喔喔！」

「來了！」

「可以看到戰場了！」

酒場裡的觀眾一口氣沸騰了起來。

霧氣一瞬間從並排在酒場高處的大螢幕之中消失，戰場跟著顯現在眾人眼前。

各個畫面捕捉到各種不同的戰場。

而且還是播放出的景色，會同時在畫面左下方地圖顯示出這在一邊10公里的戰場哪邊附近，可以說是相當貼心的設計。

「原來是這樣嗎！」

「又有很多奇怪的地形。」

至今為止的ＳＪ都是一開始就能分辨出戰場的模樣，但本屆到這個時候才終於能了解全貌。

這時飄浮在上空數百公尺處的無人機所拍攝的空拍影像讓畫面相當吸引人注意。

其中一個畫面映照出都市區域。

那是Ｍ與安娜起始且發生戰鬥的地點，大路旁有一整排的廢棄大樓，有的則被剛才的大爆炸轟飛了。畫面告訴大家那是地圖的右上，也就是東北方。

另一個畫面映照出荒野。

那是充滿褐色砂土與岩石的大地。克拉倫斯就是從這裡開始遊戲。

位於都市區的北部西側，或者以地圖來說就是都市區的左側，以3公里左右的寬度坐落於地圖中央部。上下，也就是南北大概是2公里左右的長度。

都市區突然變成荒野，其境界線極為筆直，而觀眾也馬上就注意到這件事。

「那是怎麼回事！」

「哪有那種地形啊。」

「竟然把地圖檔案直線貼上去！」

「太偷懶了吧！」

「那樣很輕鬆吧……那樣都可以的話，所有地圖都想那麼做喲……」

「喂，這裡有遊戲設計師喔！」

另一個畫面映照出的是布滿鐵路的空間，看起來就像要吞沒整片荒野一樣。該處是調車場。

ＳＪ３裡也登場過的，鋪設了許多鐵路，用來更換貨車或者停車的空間。跟那時候比起來規模縮小了，寬大概是１．５公里左右。

調車場是不可次郎的起始地點，它是斜斜地從地圖的右上往左下配置。其前端聚集了幾條鐵路，似乎通往沒有映照在畫面上的戰場外面。

別的畫面映照著地圖西北部。調車場左上方的區域是山脈。

MMTM的隊長是從這裡開始遊戲，外表看起來是具有大片白色岩石與綠色草地的山脈。那個地方沒有樹木。

是幾座山脊連在一起，看起來像鋸齒狀的凹凸不平大地。隨處可見的白色岩石足有一棟獨棟房子那麼大。

其他畫面映照出高速公路。

那是一條特別寬敞、粗大的柏油道路。是從地圖西北部的山岳地帶以隧道出口這樣的形式開始。隧道似乎可以進入，但出口應該不在戰場地圖之內吧。

而這條道路就這樣一直線朝南方延伸，持續通往戰場的西南方。左右兩邊只有黑色土壤的平坦大地。

酒場的觀眾不知道，蓮就是從這條高速公路上面開始遊戲。也是她遭遇碧碧，差點被車子撞到的地點。

屍體雖然已經消失，翻車的Outback Wilderness應該還留在現場。

還有一個畫面映照出住宅區。

豪華的宅邸並排在一起，但是每一棟都已經是破破爛爛的廢墟，中央附近還有一處又黑又大，像是爆炸中心的地點。越靠近爆炸中心，就越看不出房子的形狀。

「那個誇張的爆炸痕跡是怎麼回事？一開始就有了嗎？」

某個觀眾提出這樣的疑問……

「我只是猜測，說不定是——」

另一個人抱持著懷疑……

「「那支炸彈隊伍！」」

好幾個人異口同聲地說出同樣的答案。

這樣的疑問理所當然般席捲了整間酒場。

「你說DOOM？沒看到他們的名字啊？」

「只要登錄別的名字就能混過去了吧。我的話就會這麼做。」

「有沒有人預賽時跟他們戰鬥過？」

酒場裡雖然傳出這樣的聲音，但沒有人出聲承認。

他們都不知道，應該說無法知道。

預賽時與DOOM——不對，是BOKR戰鬥的某連續參賽隊伍，因為太過輕視對手而跟SJ4的預賽一樣吃了一發全滅而敗退的苦頭，由於實在太過丟臉而沒有來到這個現場。

映照出住宅區的隔壁畫面是巨樹森林。戰場南部靠近中央附近全都是森林。可以看到一整片的綠色大地呈一直線坐落在鄰接的住宅區與右鄰的雪原之間。

「那樣很輕鬆吧……那樣都可以的話，所有地圖都想那麼做喲……」

「還有其他的遊戲設計師喔！」

雪原就像是全白的平坦沙漠。

宛如南極大陸般的大地。占據了戰場右下方的四分之一面積，為了讓畫面能盡收這非常寬敞的戰場，無人機是從相當高的地方拍攝。因此看不出有什麼人在那裡。

就這樣，幾乎網羅所有戰場的酒場螢幕，最後大剌剌地映照出來的是……

「還沒有拍到中央耶。」

正如某個人所說的，正是地圖的中央。

一邊十公里的四方形地圖，其中央，或者可以說是中心部分。

在那裡的是——

「那是什麼？」

「嗯……城堡吧？」

「嗯，是城堡沒錯。」

是一座城堡。

那是被直徑達3公里的正圓形城牆圍住的歐風城堡。

石造的城牆高達30公尺，上部是寬20公尺左右的寬敞通路。看起來簡直就像高架道路一樣。

為了防止跌落，或者是為了防禦而設有凹凸不平的垛口，處處可以看到瞭望口，或者是槍眼——也就是伸出槍械來射擊的洞穴。

只有這樣的話當然沒有人能夠入城，所以當然有城門。

城牆的外圍，大約每隔300公尺就會開一個寬50公尺，高10公尺左右的大洞。

粗略計算後圓周大約是10公里，城門的數量也相當多。同樣也是粗略的計算，大約開了三十三個以上的洞。

看起來簡直就像充滿蛀洞的城牆。考慮到作為城堡的防禦，這絕對是設計上的缺失。蓋的人快點出來認錯。

而且每個城門都像打從一開始就沒有門扉。不論什麼人都能入城。而且也沒有什麼標示，所以應該不會收入場費。

因為是空拍，所以能清楚看見城內的模樣。

鑽過城門後馬上就是平坦的中庭，距離中央大概有500公尺左右的距離。中央有一座圓形城堡，所以中庭就變成甜甜圈的形狀。

中庭裡排列著許多石造建築物。

乍看之下就像是城鎮，但應該不具備這樣的功能，實際上只是為了給玩家們提供躲藏的地點。

甜甜圈的中心部分就是主城堡。

是一座直徑達2公里的巨大圓形城堡。

如果現實世界有這樣的城堡，這樣的大小甚至會讓人擔心光是建造費會不會就讓國家就此破產。

可以看到設置了高達50公尺，像是懸崖般的地基，地基上在等間隔的距離下建造了八個塔尖把地基整個圍住。

塔尖的高度是從土台再往上50公尺。剛好是一棟普通大樓的高度，然後寬度也差不多。

城堡中心部的屋頂是一座相當寬敞，直徑有1．5公里的圓形廣場。上面放置了許多障礙物，是一座看起來像競技場的廣場。

城牆到地基之間設置了橋梁。

石造的拱橋是略為向上的坡道。幅度是相當寬敞的30公尺，而長度竟然達500公尺。

首先石頭應該無法在現實世界製作出這樣的橋梁才對。就連其他材質可能也很困難。

歐風城堡說起來，氣氛就跟蓮他們以前進行遊戲測試時的城堡相似，不過寬敞與高度都增加了好幾倍。

「大到不可思議的城堡。不過呢——」

觀眾們……

「嗯，就算在那種地方有那麼巨大的建築物……」

全注意到那個。應該說立刻就注意到了。

「誰都不會去吧。不適合戰鬥啊。」

沒有錯。

製作得像遊樂設施般的不自然戰場，老實說很不適合戰鬥。以ＧＧＯ的一般常識來說，是不會逃進那座城堡裡面。

因此一般人都會認為該處不會變成ＳＪ５的戰場。

但地圖上還是準備了城堡。

「如此一來——」

「嗯。」

觀眾們都注意到了這件事。

一隻手拿著葡萄酒杯的一名觀眾代替眾人說出了意見。

「應該有某種機關吧。像是一定得到那裡去的『束縛』。」

克拉倫斯與塔妮亞在石頭建造的塔上，幾乎是最上層的瞭望台看著眼前的景色。

底下的濃霧一口氣消散，兩人目擊了我方所在的高塔底下、寬廣的城內以及寬敞的中庭與其中的建築，還有包圍這些的城牆所呈現出的雄壯景色。不愧是高100公尺。

雖然出現彈藥回復的顯示，但現在沒空理這個，所以加以無視。

「得快一點才行！」

塔妮亞……

「是啊。」

以及克拉倫斯揮動左手叫出視窗，觸碰通訊道具的項目。

呼喚互相登錄的伙伴將道具連線。依照遊戲開始時宣布追加規則的內容，只要是曾經互相登錄的伙伴，不論相隔再怎麼遠應該都能再次連線才對。

三秒鐘後，成功跟遊戲起始時連線的伙伴連上線了。

這樣克拉倫斯、塔妮亞也都能對各自所有隊友的耳朵傳送情報了才對。

所以塔妮亞也省略打招呼直接大叫：

「各位！現在立刻加快腳步到地圖中央來！這裡有一座城堡，馬上從各處的城門進到裡面來——不然的話會死亡！目前大家所在的地點馬上就會全部崩落！」

然後克拉倫斯也很快樂般笑著對不在現場的隊友表示：

「哈囉，蓮還有其他的各位。那個啊，聽說那些戰場最後會全部崩落，只剩下中央的城堡！城牆上寫著這樣的特殊規則。太過分了對吧！啊哈哈！我已經在城裡所以沒問題喔。不用擔心我。小隊不會全滅嘍！那麼Good luck嘍！」

兩個人對伙伴傳遞完情報的瞬間，酒場裡的觀眾就看到了。

映照在其中一個畫面的是戰場中央城堡城牆的特寫鏡頭。

寫在城牆旁邊，剛才從上空高處播放的影像看不到的明朝體文字，現在能看得相當清楚。

「這個大地不久後將會崩塌，最後只會留下這片城牆裡面的土地。這個世界裡所有的生物啊，現在立刻進入其中，將其當成最後安息之地吧。看見這個訊息的人啊，當能將意志傳遞給

遠方伙伴的能力復活時，立刻告知他們吧。」

這正是最快抵達城牆的塔妮亞與克拉倫斯率先看到的內容。城牆的各處都浮現著這樣的文字。應該是有哪個玩家抵達的話，就會自動浮現的構造吧。

酒場的觀眾逐漸理解這些日文的意思……

「為什麼是明朝體？」

「誰知道啊！」

先不管這個……

「『大地崩塌』是怎麼回事？」

某個人說出最重要的疑問。

很棒的問題！這就是答案！

畫面簡直就像是要這麼說般告訴眾人答案。

這個瞬間，酒場的所有螢幕全都切換成同樣的畫面。就像是電器行的電視展示區有人調整了頻道一樣。

從正上方捕捉到ＳＪ５十公里四方的整座戰場，簡直就像是地圖一般的空拍影像。

鏡頭不斷後退——也就是拉遠。

影像看起來宛如帶著攝影鏡頭的無人機失去控制而朝宇宙飛去一般，不過觀眾們立刻就注意到讓他們看見這一幕的意圖。

看見的東西，讓他們注意到想讓他們看見的內容。

「嗚喔！」

「那是什麼！」

「哆哇！」

戰場地圖的周圍——變成懸崖了。

ＳＪ５的戰場境界線前方，大地乾脆地從空中消失。從該處變成垂直的懸崖，其下方是真的什麼都沒有的茶色大地。

從一邊10公里的地圖寬度來粗略計算懸崖的高度，能知道大概有3公里左右。

也就是說ＳＪ５的戰場是在標高３０００公尺的正方形山脈的平坦山頂。難怪會出現那麼濃的霧。

像是巨大桌子般的四角形大地。

這樣的地形……

「簡直就像是台地一樣。」

其中一名觀眾幫忙說出名稱。沒錯，答對了。這就叫做台地。南美圭亞那高原就是世界知名的台地。

濃霧籠罩下的ＳＪ５戰場就在高高的懸崖上方。因為濃霧而看不見，所以沒有人注意到這一點。

如果在不知情的狀況下全力往該處奔跑，就會從３０００公尺的高處落下而死亡吧。真是恐怖的境界線。

這時有幾個畫面不再是全體地圖。

其中一個畫面映照出高速公路從空中中斷的地點。

其他畫面映照出雪原從空中中斷的地點。

又有其他的畫面是山脈中斷——

森林中斷——

荒野中斷——

這些懸崖開始崩塌了。

「咦？不會吧！」

有ＳＪ５玩家在比任何人都快而且比任何人都近的情況下看見這樣的崩壞。

ＺＥＭＡＬ小隊其中一人，這次是小隊長排名第一名的TomTom。

鍛鍊出來的強壯身體與綁在頭上的頭巾是他的註冊商標。

身穿作為ＺＥＭＡＬ制服的綠色羊毛外套，背上揹著背包型供彈系統，手持「ＦＮ・ＭＡＧ」機槍的男子漢。

這個好人正在戰場的右下，或者可以說靠近東南方界線的位置。

從雪原開始ＳＪ５，為了按照碧碧的指示不魯莽行事以存活為優先，所以選擇待在最角落的地方。

剛才不可次郎與蓮……

「因為待在戰場邊緣，所以敵人只會從正面過來。也就是不用在意背後可以盡情射擊的戰術。」

「原來如此……只要全力射擊前方可以看見的黑影就可以了嗎……」

曾經進行過這樣的對話，她們說的一點都沒錯。

認為這邊應該是戰場邊緣位置的TomTom占據該處，只要等待看見掃描結果而朝自己襲擊過來的敵人，就能以機槍壓倒性的火力加以粉碎。

至今為止，尤其是在ＳＪ剛開始時，他已經幹掉五個人了。

怎麼不來多一點人？好無聊喔。

他這麼想著。當然他不知道以滑雪板在雪原裡到處奔走的夏莉，已經幾乎把其他人都殺光了。

那個TomTom在來到十四點霧氣一口氣消散的瞬間，原本還想著那就開始移動吧——

轟轟轟轟轟轟嘎嘎啦嘎啦嘎啦嘎啦嘎啦。

從背後10公尺左右的位置傳來崩塌的聲音，注意到的TomTom回過頭去。

當他回頭時，該處已經沒有地面……

「咦？不會吧！」

就在他做出這樣的發言時，自己的腳邊早已沒有大地。

構成台地的大地，以及其上方堆積得相當堅硬的雪原……

「不會吧——————！」

TomTom從3000公尺處往下掉落。

完全沒有多餘的時間讓他跟伙伴連接通訊道具。

「傑克！還有在戰場邊界附近的隊友！現在立刻從那裡逃走！這個戰場馬上就要崩塌，只會剩下中央！全速往中央的城堡前進！」

十四點零分三十秒。

這麼大叫的是這次並非擔任ＭＭＴＭ隊長的大衛。

跟隊友重新連結上通訊道具後率先叫的就是這句話。

他現在雖然不在城裡，不過是能看見城牆的地方。

地點是調車場邊緣。他藏身於並排在該處的大量貨車之中。

使用Pitohui曾在ＳＪ３裡用過的手段。也就是進入能夠防彈的堅固貨車當中，為了觀察周圍而用光劍開了個小孔，再來就只要專心等待時間經過。

和蓮她們分開之後，大衛就選擇了這個戰鬥方法，之後沒有發射一發子彈，也沒被擊中就一路存活到現在。

剛才濃霧消失就能看見遠方的城堡。以瞄準鏡窺看城堡後，發現以明朝體寫在城牆上的大字。

「什麼……」

看完文字後，大衛連背肌都開始發抖。

他只對復活的通訊道具叫出剛才的那段話。

那個性格惡劣的贊助商作家，又設置了新的陷阱。

選擇不從起始地點移動只會一直躲起來的小隊，就沒辦法看到這座城堡的情報。所以會在什麼都不知道的情況下被捲入大地崩壞，然後搞不懂狀況就從ＳＪ５退場了，這就是這樣的陷阱。

由於大衛藏身於調車場，所以才會偶然看見。真的只是偶然。如果他在磚瓦蓋的住宅待到十四點，就距離而言恐怕是難以看見。

帶著隊長標誌的傑克，應該躲藏在戰場西北部才對。他應該是最危險的人。

還有不知道人在何方的其他尚未死亡的隊友。

「聽好了！到中央！快一點！如果遭遇到敵人就告訴對方這件事避免戰鬥！」

寬敞的貨車裡面……

「大家冷靜聽我說。這個戰場會從周圍開始崩壞。朝中央能看見的城堡前進吧。」

另外也有玩家同樣用跟伙伴連線的通訊道具傳達同樣的消息。

那個人正是碧碧。

跟大衛一起行動的她，同樣待在貨車裡面。

她視界左上的隊友名單上，TomTom的名字剛剛打上了×號。這是繼Sinohara之後第二個死亡的成員。

她馬上就料想到是被捲進崩壞而死亡。隊長標誌現在轉移到彼得身上。

ＺＥＭＡＬ剩下四名生存者。

「所有人，在城堡相見吧。別死啊。」

「嗚哈，崩塌的速度也太快了吧！」

「太好了快點上！盡量崩沒關係！」

酒場的觀眾像是要一掃前一個小時的鬱悶般大聲嚷著。

各處的畫面都播放著大地崩壞的模樣。

垂直的山崖很滑稽地紛紛落下。那是現實世界不可能出現的豪邁崩塌方式。

還可以看到被捲進崩塌而死亡的人們。在雪原落下的TomTom也是其中之一。

安娜與M所在的都市區，其崩壞也是極其豪邁之能事。

在大地崩塌的同時，巨大的大廈也跟著傾斜，接著紛紛粉碎並且掉落。

這時候，有至今為止都躲藏在戰場邊緣大樓裡的玩家急忙從大路上開始逃走。

但是就算他再怎麼拚命地奔跑，崩塌的速度還是比較快——他最後還是連同崩塌的道路一起掉下去了。

「按照這個速度，幾分鐘後城堡以外的地方就會全部崩塌了吧。」

某個人丟出這樣一句話。

其他觀眾雖然不清楚他說的是否正確，但是……

「唔嗯，像這麼快才有趣啊。」

「來不及的傢伙就去死吧。」

因為很有趣所以可以接受。反正可以在安全的地方欣賞具爆炸性的雄壯光景就好。

「雖然太遲了……但我好想參加啊……」

某個單手拿著酒杯的人這麼呢喃著。

「我懂。想從城裡盡情地射擊逃過來的傢伙。」

另一個人如此回答後，單手拿著酒杯的他便以感觸良多的口氣表示：

「不是啦。我……是想掉下去。現實世界的話一輩子只能有一次經驗，所以才要在遊戲裡體驗。不論什麼遊戲，都沒有那麼高的地方……」

「呃，喔……」

之後就沒有任何人跟他搭話了。

戰場上的各個地方，伙伴已經在城裡，或者在城堡附近得以知道整件事的玩家們都感到焦急。只能在感到焦急的情況下朝著中央的城堡前進。

然後運氣不好而不知道這件事的玩家們，就在沒有濃霧的世界準備把急忙跑出來的那群人當成絕佳的靶來練習射擊。應該說已經射擊了。

「你們這些傢伙！沒時間幹這種事了——咕噗！」

「笨蛋別開槍！重要的是得趕快往城堡咕啊！」

「你們聽我說！別幹這種事往城——嗟啊！」

到處都可以看到可憐的退場玩家不停增加。

在這樣的情況中……

「啊哈哈！又是極度惡劣的設定！重現ＳＪ３時那艘船的情境嘛！哇哈哈！真令人懷念啊！」

聽見克拉倫斯報告的Pitohui很開心般笑了起來。那是看起來發自內心的笑容。

ＳＪ３的時候，設定上是成為戰場的島嶼會逐漸沉沒。那個時候是遊戲一開始後海水就會從周圍慢慢上升，玩家只能被迫逃向隱藏在戰場中央的豪華客船。

嗯，不過在那之前就發生過每支小隊強制出現一名背叛者這種極為不合理的規則就是了。

在放聲大笑的Pitohui旁邊，蓮只能傻眼地表示：

「Pito小姐，這哪有什麼好笑的。我們快點走吧！」

但不可次郎立刻……

「哎呀等等。稍等一下吧。現在出發的話——」

森林裡也傳來突然變得激烈的戰鬥聲。

「只會被捲入知道內情跟不知道的傢伙之間無聊的戰爭喲。再待機一兩分鐘吧。」

「唔……」

蓮這個時候也只能按照指示了。

她旁邊的老大……

「塔妮亞，幹得好。跟克拉倫斯一起保護自己的安全。」

先對告知有益情報的塔妮亞如此宣告，接著又對其他同伴宣布：

「各位大小姐！都聽見了吧？那麼在城堡見吧！我和蓮、不可還有Pitohui一起從南邊的森林往城堡前進！」

蓮雖然聽不見，但她似乎得到回應了。順帶一提，老大表示ＳＨＩＮＣ還沒有人陣亡。

結果四個人耳裡闖進其他聲音。

「在森林裡嗎！那真是太棒了。」

首先是M的聲音。

「現在我們兩個人就過去那邊！妳們在哪邊附近？」

接著是安娜的聲音，看來M把安娜一起連上通訊道具了。

「哇喔，M先生！安娜！你們在附近嘛！快來快來！然後這裡是……」

當蓮正猶豫著該用什麼方法傳達自己的所在位置時……

「在『5七』的地方吧。」

Pitohui堅定地這麼回答。這是用來表示將棋盤上棋子位置的方法。

「了解。一分鐘內從西邊過去。幫忙警戒周邊吧。」

蓮她們等待了一陣子，不到一分鐘M他們就抵達了。

太棒了！

蓮在心中這麼大叫。這樣就是六個人的小隊了。心裡感覺踏實多了。

「之後再分享重逢的喜悅吧。先到城堡那邊去。」

M沒有特別興奮的樣子直接這麼說道，同時從背後的背包取出盾牌。

自己拿著一面由兩個金屬板組合起來的盾牌……

「拿去。」

「好喲。」

把另一面交給Pitohui。

什麼都不用說也能完成溝通。由於可能會有人朝他們開槍，所以這是兩個人站在前面，拿著盾牌幫忙防禦子彈的戰鬥方式。

然後什麼都不用說，不可次郎與老大就負責殿後，蓮跟安娜則是站在中間。

「出發嘍。」

雖然尚未看到大地的崩壞，但也不能一直待在這裡。

蓮他們分成三組人馬在間隔10公尺左右的距離下，開始朝可以看見出現在樹木後面的巨大城堡移動。

由於樹木隨著前進慢慢變少，所以城堡也越來越清楚。剩下的距離大約是1公里左右。

因為回過頭仍可以看到森林，所以崩壞仍未迫近——蓮是如此相信。應該說也只能這麼相信了。

至少希望能夠顯示戰場地圖崩壞到什麼地方了，不過個性惡劣的作家似乎不允許這麼做。

噠噠噠噠噠噠嗯！

傳出了槍聲。

喀喀嘰嘎嘰嗯！

然後是M的盾牌彈開子彈的聲音。

「右前方！敵人！」

再來是M的聲音。

雖說立刻趴下的蓮看不見，不過似乎有不清楚目前狀況而朝我方開槍的傢伙存在……

「真是的。」

Pitohui一邊這麼說一邊把盾牌插在地上來防禦後，隨即用KTR—09突擊步槍展開無情的連射。

連射再連射。帶著「看我把75發彈鼓清空」意志的全自動連射持續了幾秒鐘，當蓮開始擔心「不會射過頭了？」的時候，槍聲就倏然停止。

「幹掉了。」

M丟出這麼一句話。

然後最前面的兩個人像是什麼事都沒發生過一樣再次開始前進。

蓮站起身子，邊前進邊警戒右側，結果右前方五十公尺左右的位置就看見「Dead」標籤。

「咦？」

竟然有兩個發光的標籤。該處可以看到兩個人像在唱雙簧一樣重疊在一起陣亡了。

也就是說，此為率先開槍的那個人要是中槍而死，那麼他後面的另一個人就繼續射擊的戰鬥方式。說不定是想拿同伴變成不可破壞物件屍體當成盾牌。

但是被Pitohui輕鬆識破，於是遭到毫不留情的全自動連射。所以她才會發射那麼多子彈。並非對屍體的追加攻擊，也就是所謂的Over kill。

「太強了。」

這誘使老大說出感想。

真的是這樣。

蓮心裡這麼想，在慎重監視周圍的情況下從兩人身後追了上去。

最後森林到了盡頭。在最後一棵巨樹的後方，可以清楚地看見城堡。所有人先停下腳步躲藏在附近的樹木後面。

雖然看見城堡了，但在抵達前有500公尺左右是沒有樹木，也沒有其他東西，只有乾燥茶色土壤的空間。

M以樹幹跟盾牌遮擋身體並以雙筒望遠鏡看向城堡……

「有了。正面的城牆上隱隱約約能看見。應該是打算狙擊靠近的敵人吧。」

想坐收漁翁之利嗎！

蓮在心中不平地大叫……

「想坐收漁翁之利嗎！」

不可次郎氣沖沖地直接說出口。然後……

「能再靠近一點的話，就讓你們成為我榴彈下的亡魂。」

開始抱怨起來了。

不可次郎的MGL—140的最大射程是400公尺。就算加上電漿榴彈直徑達20公尺的爆炸威力，500公尺也還是在射程之外。完全無法擊中對方。

「沒有崩壞的話，就能在狙擊手的支援下前進了……」

老大以苦澀的口吻如此表示。

蓮也能夠理解。

500公尺的話，應該是狙擊槍足以瞄準人類的距離。

以從森林的支援射擊射穿對手，就算無法射穿也能讓對方低頭來輔助前往城堡的成員。

讓留在巨樹後方的M與安娜提供掩護下，蓮等人先前往城堡，一旦進入射程內不可次郎就用火力提供支援。順利抵達城下的話再叫M與安娜過來——由於這是基本中的基本，所以能毫無問題地完成，但這樣的話M和安娜可能會被捲進崩壞當中。他們兩個人喪生，應該說只有他們喪命的可能性相當高。

「好吧！」

Pitohui發出充滿精神的聲音。

「哦？有什麼好點子嗎？」

蓮帶著期待如此問道。

「有哦！讓M跟安娜在這裡犧牲。」

「喂，等一下。」

對妳有所期待的我真是個大笨瓜。

蓮心裡這麼想。

「咦，但這是最佳的方法了吧？M跟安娜在之前的戰鬥已經受了許多傷。」

「是沒錯啦！」

「不然要全員突擊，然後大家一起中槍嗎？」

「這我當然不願意……」

「說起來，煩惱根本是在浪費時間。」

「咕嗚……」

蓮反駁的材料消失了。

「來吧，M。」

「嗯。」

兩個人光靠這樣的對話就能溝通。接著Pitohui跟M的武裝切換就開始了。

M的M14．EBR消失，防禦的盾牌也消失，取而代之的是同樣重量的怪物——全長2公尺的Alligator反器材步槍。這把武器的話，就能以更強大的威力進行狙擊。

接著Pitohui的KTR—09突擊步槍消失，左腰的M870．Breacher也消失，登場的是一把機關槍。

這正是這次Pitohui從收藏品中拿過來的，使用7.62毫米子彈的泛用機槍。H&K公司製的「MG5」機關槍。

塗成褐色的凹凸不平外表、可伸縮與折疊的槍托、圓形光學瞄準鏡是這把槍械的特徵，它不論在現實世界還是GGO都是最新的機關槍之一。只要有ZEMAL的成員在場，眼睛一定會閃閃發亮吧。

收納120發分量彈鏈的四角箱子著裝在槍的左側，把首發子彈送進膛室的Pitohui……

「很好，走吧！各位，跟他們兩位道別。」

隨口說出殘酷的發言……

「這沒什麼。能追上去的話我們會趕過去。」

M即使了解自己即將死亡還是笑著這麼說。

安娜也表示：

「掩護的工作就交給我們！」

太陽眼鏡底下的眼睛或許正在哭泣，但她還是用開朗的口氣這麼說道。

「嗚嗚……」

蓮雖然有千百個不願意，但兩人既然已經有所覺悟，她也不會多說些什麼。看來也沒有時間喝訣別酒了。

「好，十秒後就出發。」

M用兩腳架把巨大的槍械Alligator放在地面，然後趴在它前方。操作起它巨大的槍機，把第一發巨大的子彈送進膛室。

「祝大家平安無事！」

安娜隨著德拉古諾夫狙擊槍把身體貼在巨樹上來保持穩定。

「五、四、三——」

接著不可次郎很開心般開始倒數。

當她的口中說出「二」的時候——

「等一下！」

Pitohui緊急做出命令。

腳程快目標小的自己搶先衝刺，打起精神準備盡量讓敵人把目標放在自己身上的蓮……

「嗚咿！」

整個人嚇了一大跳。P90也跟著震動。

「什麼事？」

她對Pitohui這麼問，得到的答案是……

「右邊有怪東西來了。」

「咦？」

蓮按照她所說的看向右邊。

接著在場所有人都看見了。

從視界的右側出現一台交通工具。

前面兩個滑雪板，後部是台車——或者可以說是加裝履帶的小型交通工具：雪上摩托車。

車身的顏色是暗黃色。雖然還相當遠，但即使用肉眼也能看出搭乘者只有一個人。

雪上摩托車雖是為了能順利在雪上行駛的交通工具，但只要願意的話，也能像現在這樣在平坦的土上行駛。

只不過一直行駛的話，必須注意引擎過熱的問題。因為它是採用以行駛時濺起來的雪降低台車上散熱器溫度的系統。雖然不清楚GGO是否如此真實地重現這個細節就是了。

這台絕對是從雪原過來的交通工具，就這樣朝著城堡一直線前進。速度果然相當快。

接著以瞄準鏡看著摩托車的安娜就發現了。

「是自爆小隊！」

浮現「什麼？」念頭的所有人都用手邊的道具看向該處。

蓮拿出單筒望遠鏡來貼在眼睛上，然後就確認到了。

是一看就覺得討厭的傢伙。身體上裝了裝甲板，背上揹著大背包的傢伙。剛才也看過一次。真是倒楣透了。還因此嘗到極度悲慘的體驗。

「我看看？」

由於不可次郎把臉湊過來，於是蓮就把單筒望遠鏡貼到她的眼睛上。

「不會進城堡後自爆吧？」

以VSS的瞄準鏡窺看著的老大這麼說。

「這個嘛——應該辦不到吧。城堡本身應該是不可破壞物件。跟SJ3的船不一樣。」

M冷靜地這麼回答。

「太好了。」

順帶一提，最後把船整個弄壞的就是現在鬆了一口氣的蓮。

「我想也是。不然的話，我們就無處可逃了。」

身為遊戲迷的不可次郎也有相同的意見。

原來如此，不是這樣的話的確很奇怪。

蓮在心中同意他們的看法。那個男人或者他的伙伴在裡面爆炸把城堡轟飛的話，今後的遊戲就有點，不對，是完全玩不下去了。

如果城堡在還有玩家殘留的情況下遭到破壞，變成互相無法攻擊的狀況，那麼ＳＪ５就沒辦法結束。除非感到厭煩的玩家自殺或者投降。

那麼，作為不可破壞物件，面對強烈衝擊與爆風會有什麼下場還是一團謎。

先不管這一點……

「這是我們的機會。拿那個傢伙當誘餌，或者以爆炸作為掩護，所有人一起衝出去吧。」

Ｍ拿起Alligator這麼說道。

蓮原本以為他要把武裝換回Ｍ１４・ＥＢＲ，不過他沒有這麼做。應該是無法完全捨棄緊急時提供掩護的可能性。

雪上摩托車朝著城堡靠近。

由於捲起大量的土塵，所以相當醒目。城堡上的人開始射擊了。火線以比音速更快的速度延伸過來，刺向ＤＯＯＭ成員的身體。

然後子彈就被彈開了。仍有400公尺的距離之下，子彈無法貫穿他們的防具。

來自城堡的槍擊變得更加猛烈了。

應該是注意到來者是DOOM了吧。待在那裡的各小隊成員，死命地對現在最棘手的敵人開火。能看到他的玩家應該都開槍了吧。

即使如此，雪上摩托車還是沒有停下來。

「好耶，快衝啊！GOGO！」

不可次郎竟然還舉起MGL—140來幫忙加油。

太顯眼的話會被人從城堡狙擊喔。

蓮以白眼看著自己的搭檔。

距離城堡剩下200公尺。

雪上摩托車的速度突然慢了下來。接著瞬間停止前進。

「啊啊！」

蓮嚇了一跳……

「車體前部的引擎被破壞了。台車的阻力太大，沒辦法用慣性來移動。」

M冷靜地這麼說明……

「那傢伙打算做什麼？」

老大則開口這麼詢問。

「用跑的過去嗎？」

不可次郎如此說道……

「還是……」

安娜也覺得在意。

答案是——爆炸了。

酒場內的觀眾看見了。

覆蓋整個畫面的橘色光球，以及隆起的衝擊波形成的白色球體。

接著是差點弄壞酒場內擴音器的巨大爆炸聲。

「唔喔喔喔喔喔！」

「竟然真的下手了！」

「好漂亮的煙火～！」

「真是乾脆！」

「這才是我們的ＤＯＯＭ！」

「什麼時候變成你的了？」

結果讓酒場的氣氛變得極為熱絡。

從雪上摩托車衝出來後就一直實況轉播，攝影機從正後方捕捉著他迫近的英姿。

引擎被擊中而停下來時，甚至讓所有觀眾都發出嘆息聲。

所以大爆炸贏得大量的喝采。

幹得好幹得好。

「機會來了！不要輸給爆風！預備！」

衝擊波裹住了M的聲音。

雖然是在距離我方300公尺以上的地方發生的爆炸，衝擊還是痛毆了整個身軀。森林的樹木開始不停地晃動。

蓮他們死命趴在地上，靜待最初的衝擊暴力通過的幾秒鐘過去。

「咕呀！」

由於蓮相當輕，所以身體差點要浮起來。

「哦！」

老大粗壯的臂膀幫忙壓住了她的身體。

「謝謝！」

最初的衝擊波通過……

「好了上吧！專心地筆直前進！」

M的聲音讓蓮等人站起身子，在視界因為土塵而幾乎是零的世界裡跑了起來。

正如先前的預測，爆炸讓土塵籠罩了整個世界。這樣就不會被城堡那裡看見了。現在的問題是……

「你們覺得這能撐多久？」

跑著的蓮如此問道，但沒有人能回答。

風勢迅速減弱，爆風的回填開始了。在強風從左吹向右的情況中，蓮繼續奔跑著。

已經看不見伙伴們的模樣。土塵裡面，蓮只是專心一志地跑著。一直到撞到城牆為止。只要能抵達城牆下方，就很難從正上方射擊，更重要的是能進到城堡裡面。

嗯，該處當然還有其他的敵人。不過也只能到時候再說了。現在不入城就會死亡。

這時當然沒有來自城堡的攻擊。因為他們都看不見。

「塔妮亞、克拉倫斯。我們躲在爆炸的土塵裡從南方往城堡前進。」

M的聲音。

接著回傳過來的是克拉倫斯熟悉的慵懶聲音。

「好喲。好大的爆炸。還有，我想你們應該不想聽，但我還是要說。崩壞已經來到附近了。別慢吞吞的啊。」

「知道了。」

蓮全力奔跑、奔跑再奔跑。

「嗚咿！」

差點在土塵中撞上了石造城牆。

緊急煞車並且扭轉身體，好不容易以背部碰撞的形式停了下來。

「我抵達城牆邊了！」

「有城門就在那裡等著。」

「了解！」

土塵當中，蓮為了尋找城門而以沒有拿P90的左手摸著城牆走了起來。剛才曾經看過眼前有城門，在靠著城牆的現在，到底是在左邊還是右邊呢。

右邊真的可以嗎？要走多久才行呢？當她這麼想時，左手就撲了個空。

有了，是城門。能夠救命的入口。

「找到了！我幾乎是筆直前進，就在我右手邊！」

「在那裡等著。有誰來了就叫住他。」

「了解！」

這裡的「誰」指的當然是同伴，蓮也清楚這件事。應該先在城門集合，以整支小隊來往內部突入。

「嗨。」

在等了幾秒鐘後，老大率先過來了。她在土塵中找到了蓮……

來到她身邊後把槍口朝向城門內，幫忙警戒著周圍。

視界因為土塵而只能看見不到10公尺的距離。完全不知道更前方的狀況。

最後不可次郎還有安娜接連來到現場。不可次郎前往蓮的身後，安娜則跟在老大旁邊。

再來只剩下Pitohui跟M了。

託大爆炸的福，所有人似乎都能過來了喲。

蓮如此期待的瞬間，M就出現了。他以像是把長槍刺出去般的姿勢拿著巨大長槍般的Alligator。蓮心裡默默想著，如果被那個撞到可能真的會死掉。

目前仍沒有人對蓮他們開槍。

「好啦，各位久等了。」

Pitohui抵達了。由於看不習慣她拿ＭＧ５機關槍，所以蓮一瞬間愣了一下，不過確實是

Pitohui。

所有人到齊的瞬間——

風吹了起來。

雖然不清楚是爆風的最後回灌，還是系統為了清除土塵所準備的風，不過確實有一陣略強的風把土塵全部吹走了。

整個世界，尤其是天空從茶色逐漸變回泛紅的藍色，開始可以看見城門內的模樣。

「警戒！」

M把Alligator架在腰間這麼說道，蓮她們也全都把槍口朝向城內。

由於是相當寬廣的城堡，所以馬上有人出現在該處的可能性不高，不過還是帶著只要看見有人就立刻開火的打算。

Pitohui為了加入這群人裡面而來到蓮身邊……

「那麼，到裡面大鬧一番吧。」

「跟Pito小姐一起的話就安心多了。」

「跟小蓮在一起的話，就踏實多了呢～」

當女性之間這樣的友情炸裂的瞬間。

蓮就看見了。

Pitohui的頭因為中彈特效而變得通紅，該處還冒出東西破裂時的白煙。

「哦？」

Pitohui發出聲音，然後就完全靜了下來。

整個腦袋閃爍著中彈特效，形成紅色頭部落在深藍色軀體上這種構圖的Pitohui——

不對，既然明顯已經死亡，應該說Pitohui的屍體連同拿在手上的機關槍一起緩緩倒往蓮的方向……

「Pito小姐！」

就這樣……

「唔啾。」

把蓮壓扁了。

「咦？」

「嗯？」

不可次郎跟老大回過頭，看見了……

嗶咚！

趴在地上被壓扁的蓮，還有躺在她身上的Pitohui身軀亮起了「Dead」標籤。

「被幹掉了。」

M只說了這麼一句話。

看著Pitohui鮮紅的頭部，一瞬間就理解究竟是怎麼一回事。

頭部即使中了步槍子彈，也不會像這樣全部一片通紅。

這是「頭部完全被轟爆」的演出。不過實際呈現頭整個被轟爆實在太過殘酷。從脖子切斷的話就可以接受。

也就是說如果這是實際戰鬥的話，Pitohui從脖子上方已經整個消失了吧。

具有這種威力的子彈只有兩種。

第一種是反器材步槍。

第二種是開花彈。

「咦？Pito小姐？」

蓮試圖把MG5連同身體一起抬起來，但實在太重而無法成功。

這個時候不可次郎……

「嘿咻！」

為了讓蓮自由而把那具屍體踢飛。

一般來說，對於伙伴的屍體不會做出這樣的行動，但因為兩手拿著MGL—140，所以這麼做最是快速。而且也沒人有所抱怨。

「M先生啊，這把遺留下來的機關槍該怎麼辦？」

「讓我使用吧。」

M揮動左手把Alligator收回倉庫欄。接著拿起MG5，然後把Pitohui腰間的預備彈藥箱全部拿走。

不愧是M，就算是這樣可搬運重量仍有空間。

「咦——？」

在蓮感到驚訝的情況下，M冷靜地表示：

「開花彈。是夏莉吧。那傢伙還沒進到城裡嗎？」

如果擊中在城門入口附近的Pitohui，射手當然人還在外面。

「不會吧……」

安娜注意到了。因為是安娜才會注意到。

「夏莉是跟在雪原上的其中一名DOOM成員聯手吧？」

M咧嘴扭曲著臉龐。

「應該是吧。然後在這個時間點讓他衝向城堡自爆。為她製造出瞄準Pitohui的空檔。」

「真有一套。」

不可次郎感到佩服……

「咦——！Pito小姐——！」

蓮仍未從伙伴死亡的打擊中回復過來。

不可次郎推了推蓮嬌小的臀部，讓抱住Pitohui屍體的同伴離開她的身邊。

「好了好了，不打起精神來妳也會死喔。」

「嗚咕……」

蓮先是低頭看了一下Pitohui的屍體……

「我會幫妳報仇！」

「這麼說妳是打算幹掉夏莉嘍？」

「咦？啊——嗯，在快獲得優勝前！」

「嗯，那也可以啦。」

不可次郎用ＭＧ—１４０的槍口輕輕戳了一下蓮的背部……

「大家要走了。快跟上來！」

「咦？妳要帶頭嗎？」

「只是說說而已。Ｍ先生，拜託你了。」

Ｍ用力握緊ＭＧ５。

「知道了。我們進城吧！」

這個時候，時針宣告著時間來到十四點六分。

「成功了……謝謝你，炸彈少年。」

夏莉輕聲這麼呢喃。

已經沒有人聽著她的聲音了。

到剛才為止，以通訊道具連線的BOKR小隊其中一員，不久前已經爆炸了。

正如安娜所預測的，夏莉讓他變成了伙伴。

在那陣濃霧之中，夏莉沒有射擊偶然靠得太近的男性，反而靠過去對他搭話。說了一句

「嗨，還好嗎？」。

夏莉對嚇了一跳的他表示。

在這裡爆炸太可惜了。

夏莉對嚇了一跳的他表示。

我帶你去更能發光發亮的地點。在那之前，暫時跟我聯手吧。

他究竟會不會接受邀約，這對夏莉來說是場豪賭。

「真的嗎，會恐怖狙擊的大姊！我願意跟著妳！我跟同伴走丟了正感到寂寞！」

回答實在太出乎意料，夏莉反而嚇了一跳。

從他的口氣聽起來，可以預測是相當年輕的玩家，之後在聊天的過程中，對方隨口表示「其實自己還只是國中生」，這也讓夏莉感到更加驚訝。

就這樣，ＢＯＫＲ其中一名成員就像變成了夏莉的手下一樣。ＢＯＫＲ這個新小隊簡稱，意思是「我們」。

夏莉要他在自己前往雪原屠殺敵人期間找找看有沒有什麼交通工具。夏莉表示雖然是平坦的雪原，但絕對有某種隱藏道具才對。

然後仔細尋找的結果，接到發現了雪上摩托車隱藏在洞穴裡的報告。男性表示有一個巨大的洞穴，上面貼著白色板子。

夏莉立刻要對方先搭上摩托車逃走，然後在雪原戰場的東端待機。

夏莉是在那之後才救了Ｍ與安娜。

救了兩個人，送他們離開，然後時間一下子就來到了十四點……

「不得了了夏莉小姐！得快點到城堡去！」

沒有接到克拉倫斯利用通訊道具傳遞的情報，而是接到男性的報告才知道狀況的夏莉，立刻把他叫了過來。

接著兩人搭乘雪上摩托車朝城堡前進，一路移動到雪原的邊緣。

這個時候她還不清楚蓮跟Pitohui是仍在森林裡還是已經進入城堡了。

所以必須採取自己能存活的手段。也就是闖入城堡。

但霧氣已散的現在，要在近500公尺的開闊空間移動是相當危險的事。靠近的話，已經入城的傢伙們應該會發動總攻擊吧。就算搭乘雪上摩托車衝進去也是一樣。

在不知如何進攻的情況下，成為伙伴的炸彈少年開口說道：

「那麼我在途中自爆來製造形成煙幕的土塵。夏莉小姐再趁機衝入城裡吧！」

夏莉煩惱了一下後就做出了命令。

說了一句「替我打開活路吧」。

「好的，我很樂意！」

然後就爆炸了。

也揚起土塵了。

夏莉筆直朝城牆跑了起來。

這個時候，某個人在她的腦子裡呢喃著：

「舞啊，就這樣待在這裡的話，說不定能瞄準可恨的Pitohui喔？」

奶奶！

那是祖母所說的話。

順帶一提，她仍健在。

夏莉趴在雪原的境界線，以兩腳架支撐著R93戰術2型狙擊步槍。

目標是從森林通往城堡的道路。

如果Pitohui他們仍在森林的話，應該會在土塵當中衝向城堡」。

如此一來——

夏莉等待著。

趴著的她感覺到細微的振動。振動慢慢變大了。

不用轉頭也能知道。大地正在崩塌。

夏莉完全不清楚崩塌到後面的什麼地方了。下一個瞬間，或許自己趴著的大地就會消失，自己也會跟著掉落。

但夏莉還是繼續等待。

等待。

再等待。

然後當土塵散去，瞄準鏡看見城門的時候……

「看我的……」

夏莉稍微修正瞄準，以瞄準鏡捕捉到待在那裡的Pitohui。

目標是Pitohui的胴體中心。

距離是八百公尺。

由於子彈會下沉，所以瞄準的是一個人身高的上方。

因為不倚賴系統，所以彈道預測線不會被注意到，是全靠玩家本身技能的狙擊。

這種距離對於技巧高超的夏莉來說也是接近極限了。

只要稍微弄錯子彈下沉的分量，子彈就會直接從Pitohui頭上通過吧。

夏莉緩慢但充滿決心地扣下了扳機。

壓下因為後座力而抬起的瞄準鏡後，就看見Pitohui的頭部變成一片鮮紅。

雖然稍微失手，不過命中了頭部。對方應該立刻死亡了吧。

「成功了……謝謝你炸彈少年。」

夏莉站起來並且裝填下一發子彈，然後才終於回過頭去。

白色雪原在途中消失了。大概是在400公尺左右的前方吧。

然後馬上就變成300公尺。再過十幾秒，這裡也會崩壞吧。

夏莉只有一瞬間煩惱了一下。

「還不能死啦！」

手拿起R93戰術2型狙擊步槍的夏莉跑了起來。

目標是眼前的城牆還有城門。

＊＊＊

「啊——————！被幹掉了！」

黑暗空間的待機處裡，Pitohui一個人趴在地上。

因為被傳送到這裡，讓她知道自己被一擊幹掉……

「絕對是夏莉！」

雖然沒有看見飛過來的子彈，但是有確切的證據。

那一定是夏莉幹的。

考慮到飛過來的子彈所帶著的思緒、恨意等等情感，就知道一定是夏莉不會有別人了。

雖然不清楚虛擬世界有沒有那種東西就是了。

「真拿她沒辦法。」

轉過身子呈大字形仰躺在地上後，Pitohui看著牆邊09：40的倒數計時。

在這裡經過九分鐘後就會回到酒場。

「只能喝悶酒了～」

Pitohui這麼呢喃的瞬間，視界的邊緣就映照出某些文字。

因為是在仰躺的她視界上方的邊緣，所以應該是在背後那一邊。

「嗯？」

Pitohui一邊撐起身子一邊轉過臉龐——

「嗯！」

就能閱讀那些文字了。

「關於ＳＪ５的特殊規則。還要繼續追加！很重要喲！要仔細閱讀喲！死都不要輕言放棄！」

寫的是這樣的內容。

接著下面又出現相當長的說明文。

「只有在ＳＪ５裡死亡的各位才能看到這些內容。我要對各位說些相當重要的事情！」

「哦哦？」

Pitohui一邊附和一邊看下去。

「就算死了，也還有事情可以做吧？沒錯，就是變成鬼再次出現。」

「唔嗯唔嗯。」

「所以各位——要不要變成『幽靈』看看呢？」

（to be continued…）

後記特別感動一大短篇

（註：由於包含了一點點本集的內容，所以請各位讀者看完本書後再閱讀本短篇。）

「SJ5舉行前發生的事情 Playback Part 3」

「哈囉哈囉！還好嗎？今晚在做些什麼？」

「突然就說這個嗎。我這邊是白天。你是明知故問吧？」

「那是當然嘍，南森。你們的白天是Japan的深夜。哎呀～深夜吃的拉麵Very好吃超美味！可以感覺到Soul喲！」

「每次聽到都很想問，你的英文到底在哪裡學的？火星嗎？是外星球的腔調嗎？」

「我都是先在腦內把日文轉換成法文，然後稍微經由俄文來思考德文，最後才翻譯成英文喲。」

「我還沒嫩到會相信這種話。別看我這樣，我也是高中畢業的喲。」

「嗯，先別管這個了。可以講電話嗎？不會正在忙吧？」

「沒問題，快點進入主題。嗯……其實已經知道內容了啦。」

「那就這樣嘍！」

「給我說！」

「你知道吧？就是要拜託你們舉行第五屆ＳＪ！Please very much！Ｇｏ！」

「這是哪國語言？——已經要舉行ＳＪ５了嗎？也太快了吧。應該說，上個月底才剛舉行過ＳＪ４，這個月才舉行過Five Ordeals不是嗎？」

「是啊。你知道打鐵趁熱這句日文嗎？」

「什麼時候？」

「九月十九日，日本時間十三點開始。前一天舉行預賽。怎麼樣？」

「——嗯，也沒有什麼特別重要的維護，要舉行是沒有問題。不過最少也要收跟之前一樣的金額，你的話一定又想到什麼古怪的規則跟亂七八糟的戰場了吧？這樣舉行費用會增加喔？」

「No Program！」

「好好好。」

「之前出版的『四十拉警報的ＯＬ轉生到跟這個世界極為相像的異世界，在進入女子高中後以為是合唱團而加入的劍道社完成把所有男社員放倒的大活躍，大受男社員歡迎開了逆後宮！』這部作品賣得比想像中還要好，就把版稅全部丟進去吧！加倍推廣！」

「那是什麼故事啊——話說回來，不能十月才舉行嗎？時間比較充裕的話，舉行費用也會便宜許多喔。」

「不行！Ｎｏ！」

「你這傢伙，最近……到底在急什麼？」

「我我我我我……我才沒有在急什麼喲。」

「似乎有事瞞著我？」

「Ｙｅｓ！」

「……算了。九月十九日舉行ＳＪ５對吧。先詢問一下概要，這次要用什麼規則？」

「那個……首先起始地點會出現濃霧，從完全看不見敵人的狀況開始遊戲！加上各個小隊的成員會分別從不同地點開賽！這是會讓大家氣瘋的規則對吧！一想到就興奮不已！」

「你這傢伙太過分了！以為自己是誰啊？」

「Game Master就是神喔。」

「別隨便把神抬出來——那戰場呢？」

「像科學怪人那樣四拼八湊！把森林、雪原、都市區等等既存的地圖直線剪下貼上就可以嘍！很輕鬆吧！」

「輕鬆是輕鬆啦……玩家會很傻眼喔。」

「事到如今說這什麼話。ＳＪ的玩家都經過相當的鍛鍊，不會因為這種程度的小事就抱怨喲。然後呢！最後還有一個Big設定！整座戰場是在標高３０００公尺的台地上面！最終戰爭後各種土地因為地殼變動而合體，然後整個隆起！就用這種荒謬無理又不可能的設定！」

「自己還真有臉說耶！嗯，戰場單純只是抬高而已應該沒什麼問題，因為沒有標高３０００公尺高地的彈道資料，只能用跟平地一樣的彈道特性哦？用真正槍枝射擊過的狂熱分子會發現，這樣沒問題吧。」

「No protein！」

「好好好。」

「然後時間到了那個戰場就會一口氣崩塌！接著哩——」

「啊啊，用電子郵件把規格明細寄給我。別讓我全部都得抄下來。話先說在前面，沒辦法完全重現你那些詳細的設定喔。可以的話，寫個大概就好了。」

「了解的啦！還有呢，這次啊，隔了這麼久後我也要緊握愛槍ＳＧ５５０再次參賽了！」

「我從之前就一直覺得，知道戰場和特殊規則的傢伙隱藏身分參賽不會太作弊了嗎？」

「這算工作的福利。每次作弊都能拿到五分錢的話，我現在早就是大富翁了啦！」

「好好好。總之我會準備。」

「謝啦！——那麼，關於每次都有的特別報酬……」

「嗯……」

「我會裝一大箱你愛的Japan零嘴寄給你喲……哎呀，那是緩衝材喔。為了避免寄給你的——那個、那個，百圓商店的塑膠收納盒壞掉，必須在周圍和裡面塞滿緩衝材。嗯，要吃還是要丟掉隨你高興啦。」

「是是是……抱歉每次都麻煩你……」

「哎呀別跟我客氣啦……嘿嘿嘿。別被發現喲……」

「放心交給我吧。這部分我可是專家。」

「什麼樣的專家啊？偷吃嗎？嗯，你們公司也很誇張耶。光是吃個零嘴就算違反社內規定，哪有這種道理啊。」

「Unbelievable對吧？Crazy對吧？但是呢，老闆極度重視健康喔……簡直像把充滿油脂、糖分與鹽分的零嘴當成殺父仇人。」

「就算是這樣，連社員都禁止也Very much誇張！實在不敢相信！老實說，告他的話應該能輕鬆勝訴吧？」

「或許吧。但你覺得值得因為這種事情付出高額的律師費嗎？」

「絕對哩不值。」

「那是哪國的語言？總之，所有社員都是這麼想。」

「這些被虐待的草民實在太可憐……」

「太誇張了。說起來你居住的Japan這個組織，只要有一把手槍就會被逮捕了吧？」

「咕唔……」

「現在我的腰間還掛著9毫米半自動手槍喲。今天是克拉克，明天想帶ＳＩＧ。然後後天是斯特姆．儒格吧。」

「啊啊啊！真羨慕！啊啊，好羨慕！咕唔唔唔，不惡口！」

「喂喂，那是不能說的話喲。」

「別擔心啦南森。我大叫的『不惡口』是日文。跟英文F開頭的髒話不一樣。那是佛教用語，意思是『不能罵髒話』！」（註：日文「不惡口」的發音與英文的「Fuck」類似）

「啥？真的假的……」

「真的啦。忍不住想罵髒話時，我都會用日文這麼大叫。那我會把規格明細跟零嘴寄過去，萬事拜託嘍！」

幾天後。

「哈囉，南森！還好嗎？」

「南森被開除了。我是接替他工作的蘇菲亞。」

「Ｗｈｙ？」

「他偷吃本公司禁止的食物，因為線上會議的背景拍到空袋子而被發現了。」

「什麼專家嘛！不惡口！」

「那是髒話吧。」

「不，這是日文——」

沒有後續

以前
覺得這個洞很帥
所以想在插畫裡
畫一次看看，
檢查草稿時曾被糾正
這是模型槍用
子彈而修正過。
這張圖
畫的不是真
所以OK吧。
黑星紅

魔法科高中的劣等生 Appendix 1

作者：佐島 勤　插畫：石田可奈

為紀念《魔法科》系列10週年
將收錄於光碟套組的特典小說集結成冊！

2095年9月。某件包裹誤寄到第一高中。內容物是未確認文明的魔法技術製品「聖遺物」，而且在不為人知的狀況下自行啟動——司波達也回神一看，發現自己位於森林裡。像是夢境的世界令他不知所措時，身穿純白禮服的深雪出現在他的面前……

NTNT300/HK$100

Sword Art Online刀劍神域 1~27 待續

作者：川原 礫　插畫：abec

超越兩百年的時光，
桐人成功與淵源深遠的兩個人再會。

整合機士團長耶歐萊茵·哈連茲的存在讓賽魯卡、羅妮耶、緹潔的內心產生了巨大漣漪。在這樣的衝擊尚未冷卻之前，「敵人」終於出現了。愛麗絲等整合騎士、耶歐萊茵等整合機士——戰火終於降落到Underworld新舊的守護者們身上。

各 **NT$190~260/HK$50~75**

國家圖書館出版品預行編目資料

Sword Art Online刀劍神域外傳Gun Gale Online. 12, 5th特攻強襲. 中/時雨沢恵一作 ; 周庭旭譯. -- 初版. -- 臺北市 : 臺灣角川股份有限公司, 2023.10

面 ; 公分

譯自 : ソードアート.オンライン オルタナティブ ガンゲイル・オンライン. 12, フィフス.スクワッド.ジャム. 中

ISBN 978-626-378-042-2(平裝)

861.57 112013272

Sword Art Online刀劍神域外傳 Gun Gale Online 12

— 5th 特攻強襲（中）—

(原著名：ソードアート・オンライン　オルタナティブ　ガンゲイル・オンラインXII ーフィフス・スクワッド・ジャム〈中〉ー)

2023年10月11日　初版第1刷發行

作　　者：時雨沢惠一
插　　畫：黑星紅白
原案・監修：川原 礫
日版設計：BEE-PEE
譯　　者：周庭旭
發 行 人：岩崎剛人
總 編 輯：蔡佩芬
副總編輯：朱哲成
美術設計：宋芳茹
印　　務：李明修（主任）、張加恩（主任）、張凱棋
發 行 所：台灣角川股份有限公司
地　　址：104台北市中山區松江路223號3樓
電　　話：（02）2515-3000
傳　　真：（02）2515-0033
網　　址：www.kadokawa.com.tw
劃撥帳戶：台灣角川股份有限公司
劃撥帳號：19487412
法律顧問：有澤法律事務所
製　　版：巨茂科技印刷有限公司
ISBN：978-626-378-042-2